# 窗內有藍天

從三合院小女孩到監獄志工

李淑楨——著

城市#輕文學

推薦序

# 春風化雨 志工心

法務部矯正署署長 黃俊棠

有鑑於民主自由發達與人道主義盛行，刑罰的手段從消極懲罰轉為積極的教育刑，而矯正機關正是受刑人改悔向上，適應社會生活的場所，因此受刑人教誨教育功能的落實，便攸關著受刑人能否再社會化的重要橋梁。惟囿於矯正機關長期超額收容，使其教化人力與收容人數的比例偏高，因此近年來積極結合社會資源，運用教誨志工與社會志工，協助辦理各項教化活動，以提升教化成效。

林珠老師本身從事教育工作長達15年，她熱心與俠女性格的人格特質，使其在傳統包容的女性角色中，又帶著新女性胸懷社會的思維，投入志工志業。1997年矯正司（2011年改為矯正署）推動「讀書會」，鼓勵收容人培養閱讀習慣，林珠老師在此因緣際會下，進入矯正機關擔任教誨志工，開辦「觀心及養心」讀書會，帶領收容人以互動學習及心得分享方式，激發思考力，改變氣質，拓展視野。2006年矯正司實施「一監所一（數）特色」政策，臺北看守所成立「立德電臺」，以廣播為其教化特色，林珠老師除積極協助籌措建臺經費外，並擔任節目主持人，主持〈心中藏寶圖〉心靈成長節目，讓收容人在聆聽之餘，能靜心反觀自省。2008年矯正司再度推出「愛從高牆出發——矯正機關生命教育深耕計畫」，林珠老師配合計畫，辦理「高牆裡的心希望」生命成長講座，邀請專家及學者親臨矯正機關專題演講，以勵志的內容、幽默的風格，達潛移默化之效。該講座足跡遍布全臺灣，從北到南，甚至遠達澎湖監獄、泰源技訓所及綠島監獄等皆受其惠。2012年毒品犯及酒駕犯入監的收容人不斷增加，造成家庭、社會問題嚴重，因此矯正署陸續推動各矯正機關成立「戒毒與戒酒」專班，林珠老師亦擔任臺北看守所「戒毒與戒酒」專班之師資，以其教育專長，教導收容人解讀自我生命歷程，重新找到人生的目標與方向。

細數林珠老師一步一腳印的教誨志工路，無私奉獻22年，這段春風化雨的時光，不只見證了矯正機關獄政革新蛻變的時期，同時也激勵矯正同仁對於自己從事之工作的使命感。現今的矯正工作已從管理模式轉化為復歸模式，透過公開的藝文教化活動，讓社會各界瞭解認同並支持犯罪矯正工作，然而矯正教化工作向來不是一條立竿見影的漫漫長路，心靈改變的歷程更是耗費時日，個人從事犯罪矯正業務近四十年，以「信心、希望、真愛、幸福」四個核心理念，在收容人悛悔向善的矯正教化過程中，深刻體會需要更多社會菁英共同參與，期盼更多如同林珠老師般熱情且努力堅持的教誨志工與公益團體，加入矯正志工行列，共同成為社會安全網的守護者，讓囹圄裡的這群人重新尋回良善的本性，共創美好和諧的社會。

欣聞林珠老師的人生經歷將彙編出書，感佩之餘，特以此序推薦之。

推薦序

# 高牆內的愛心天使

法務部矯正署前署長　吳憲璋

教誨志工輔弼監獄教化，扮演愛心天使的重要角色，不但具備各種專業領域的學養、豐富的人生經歷，還要有高度的服務熱忱，耐心的開導引領收容人向善之路。民國101年矯正署舉辦「矯正機關績優教誨志工表揚」，首屆推薦獲獎名單中，林珠女士功績斐然名列前茅，對林珠女士的高度服務熱忱和馨香之氣，留下極為深刻的印象。欣聞林珠女士欲將22年監獄教誨志工生涯撰寫成書，分享工作點滴，讓社會大眾對這項特別的志工服務對象與服務內容有更多的認識，其拋磚引玉的工作熱情，個人深感敬佩。

林珠女士初踏入社會，即以幼吾幼以及人之幼的心投入幼教工作，民國77年更以「立足家庭．胸懷社會」矢志奉獻婦女會迄今，期間民國87年從士林看守所開始擔任監獄志工，一路走來始終如一，未曾間斷，行走各監所從事各項多元的教化輔導活動，耐心教導收容人，給予面對未來的信心與勇氣，其孜孜不倦、痌瘝在抱的胸懷，連第一線矯正工作的同仁都深受感動。

個人日本留學返國前，犯罪心理學老師平尾靖先生臨行贈言「学問の極点は愛である」，中文譯為「學問的極致就是愛」，經歷42年的犯罪矯正生涯，老師的提點讓個人有更深刻的體會。雖然每一位收容人背後，都有一段放浪、荒謬、離經叛道、又可恨又可憐的過往，吾人深信愛可以撫慰心靈的創傷，更能驅動翻轉生命重新出發的力量。

再度肯定與感謝林珠女士的苦心，用她生命的光和熱，溫暖這些曾經迷途的羔羊，為他們點燃希望的明燈，照亮回家之路。殷盼更多人因此得到啟發，更積極投入這項「救人的志業」，減少一人犯罪，社會就增進一分祥和，國家就少背一個包袱。藉此，向全國矯正機關投身監獄志工的賢達夥伴們，表達最高的敬意與謝忱。

推薦序

# 堅持做對的事

立法委員　費鴻泰

這本書由李淑楨女士，依據林珠老師的口述資料而編寫，可以說是一本監獄的良好感化教材，非常值得身為立法委員的我，向社會大眾鄭重推薦閱讀的好書。

林珠老師是我們的好朋友，擔任臺北市婦女會總幹事三十多年，曾經與我的牽手王怡心教授共事六年，很用心配合王怡心理事長有效地推動臺北市婦女會的會務。費鴻泰和王怡心都為林珠老師出這本書賀喜，把她的親身經驗與大家分享。

近年來「受刑人的人權問題」，逐漸被監獄主管機關正視與深入檢討。針對關在擁擠的牢籠收容者焦慮不安，以及在矯正過程中所產生的困難度，更不言可喻。獄所的功能包括懲罰與教化，通常「教化」的重要性尤高於懲罰。

基本上，監獄絕非是使犯人與世隔絕，或是接受酷刑的所在；相對的，監獄是要透過矯正手段使受刑者幡然悔悟、改過遷善，並助其順利返歸家園過正常生活，日後不致成為社會的負擔或隱患。因此，若有典獄人員願意付出愛心，給予受刑人感化教育，以及和受刑人相處融洽，不妨視之為一種感化教育的過程。因此，我們要正面看待之，對感化教育給予肯定。

林珠老師在民國77年開始於婦女會工作至今，在婦女會工作8、9年之後，為響應當時政府「書香滿寶島」的活動，婦女團體很多幹部參與帶讀書會的學習。就在民國87年，林珠受到當時士林看守所科長的邀請，開始了監獄志工的道路，至今為止沒有中斷；目前持續了22年，這漫長的志工生活，林珠老師經歷了許多，也獲得許多人生的特別體驗。

林珠老師成為教誨志工之後，輔導了很多的受刑人，在她諄諄教誨之下，許多人得到啟發，對於自己的人生有了不一樣的想法。林珠老師輔導的同學，有的是極刑犯，在最後的那段歲月可得到平靜。有的是重大犯罪者，在輔導之後，並在出獄後，成為大老闆。有的受刑人在面對人生重大抉擇時，記得林珠老師的教誨，擁有著堅持做對的事之勇氣。

透過林珠老師的付出，也間接影響了矯正同仁對於教誨志工的觀感；因此，矯正機關人員對於自己從事的工作，也賦予了相當寶貴的使命感。書中也實際採訪了在讀書會中受益的更生人，以現身說法作為老師付出的見證！這是一本有特別意義的人生體驗書籍，非常值得閱讀和體會。恭喜林珠老師完成此本大作，讓受刑人有另外一種陽光的人生觀。

推薦序

# 志工 善的清流

法務部矯正署前主任祕書　鄭美玉

在矯正機關服務數十寒暑，每天必須面對各類不同的收容人（或稱同學），因著同仁日復一日辛勤工作，換來囚情的穩定，對於同仁孜孜矻矻於自己的工作崗位令人感佩！而要真正打動同學內心世界，莫過於一群無怨無悔、不求報酬，默默投入財力、心力的志工們。正是所謂矯正機關資源有限，社會資源無窮！他們或是宗教團體、或是專業輔導人員與團體、甚至是個人，不論颳風下雨、寒天溽暑，從不缺席，許多同學因為他們的教導、傳授專業知識，甚至生命受到感動而改頭換面，重返正途！

林珠老師雖亦是眾多志工中的一員，但她的角色卻是無遠弗屆，既是可以擔當團輔，也可以勝任個輔！她有如104人力銀行，凡矯正機關有需要時，便積極熱心尋求社會資源，解決了我們的燃眉之急！除了權充人力資源的整合者，林老師亦是不可多得的輔導志工，經她輔導的學生不知凡幾，也常受其感召改過向善。更令人印象深刻的角色是電臺主持人！猶記臺北看守所要成立立德電臺時，要錢沒經費，要人缺乏專業，彼時林老師可謂聞聲救苦，尋得企業贊助成立立德電臺，自己更一馬當先，擔起主持人的重責大任。從此，臺北看守所有了自己所屬的電臺，無論是教化、專業知識，都讓同學有了吸收新知及紓壓的管道。迄今，立德電臺仍屹立不移，甚至更為壯大，真正是難能可貴的教化工程！

當一個月的志工是淺嚐，做半年的志工不容易，但將自己超過二十年的青春和精力奉獻於矯正機關，如果心無大愛或是沒有家庭支持，實在難竟其功！由於林老師有著幸福美滿的家庭，夫妻鶼鰈情深，子媳孝順，所謂「慈善起於家庭」，因為家庭美滿，她轉將滿滿的愛分享給圍牆內弱勢、甚至被家庭放棄的同學，讓他們重燃生命的希望！所以她不但能從事教化工作的團體輔導，也可以勝任個別輔導教誨志工的角色，許多同學回到社會，因受其影響與感召，不但悔改向善，在事業有成後，也一起和她投入社會公益！在目前社會價值觀混亂的年代，無疑是一股善的循環的清流！

林老師於公，長期對矯正機關的付出，惠我良多！於私，因為認識了一位充滿活力、洋溢大愛的良善朋友，更豐富了我的生命！值此回顧她奉獻心力的志工回憶一書即將付梓，於公、於私都樂為之序！

推薦序

# 引路

廣播電視主持人、作家　劉銘

結識林珠老師，是12年前的事了，源自於「立德電臺」。

立德電臺，是位於土城的臺北看守所所屬的一個電臺，是臺灣第一個監所裡的電臺。所播出的節目，社會大眾是收聽不到，完全是針對收容人所製作的，希望透過節目內容產生教化，得到激勵。

節目的內容具有多元化，有宗教性的、勵志性的、音樂性的等等，但所有的主持人都是義務性質，稱之為「廣播志工」，我和林珠老師也是主持人之一。

或許我的工作本身就是廣播人，也是線上的主持人，記得臺北看守所在電臺節目開播的時候，請我為其他大部分具有熱忱與愛心，卻未具有廣播經驗與能力的主持人，上一堂正音的課程，當時林珠老師便是臺下的學員之一，這是事後她告訴我的。

其實之前的幾年，我們並沒有什麼互動，只有見面時的點頭之交，也不知道為什麼，最近這三、四年，我們的交流變得頻繁了，或許這就是因緣吧！

我邀請她上我復興廣播電臺的節目受訪，聊聊她在監所擔任志工20年的心情心得，有溫馨的，譬如有些收容人出獄之後，洗心革面，在事業上闖出了一番成就，至今仍與她保持聯絡；當然也有沮喪的，譬如她差一點被收容人「告」，她的家人都奉勸她不要在監所當志工了，要當志工的地方多的是，然而她還是堅持地走下去，這背後是一股什麼樣的動力，令我充滿了好奇與不解。我甚至建議她出書。

如果上廣播節目，算是我為她做的事情的話，那麼她為我做的事情就更多了。請我吃飯，喝下午茶，邀請我去演講，邀請我所帶領的混障綜藝團演出，還參加混障的尾牙，提供紅包讓團員們摸彩等等。

每每為混障的演出和我的演講，跟她道謝時，她都會很謙虛地表示，這又不是她自掏腰包的錢，而是主辦單位贊助的錢，有什麼好謝的。這時候，我都會告訴她，「行善的最高境界，不是捐款，而是引路。」她做的就是「引路」的工作。她聽了之後，一副不敢居功的樣子，笑笑的，什麼也沒說。

這次鼓勵她出書，雖然她一再遲疑，再三婉拒，認為自己的故事，擔任志工的情事，不值得一提，也不會有什麼人想看這樣的書。直到我為她找好了妹妹劉鋆的出版社，好友李淑楨來為她撰寫，她才開始慎重其事地考慮。不過，這期間仍不時地動搖。哈哈！

對於出書一事，她總是不住的感謝，我跟她說，我什麼也沒做，錢是出版社出的，書是淑楨寫的，如果真要硬擠出個我做了什麼的話，那就是「引路」。嘻！

若是要比誰為誰做了什麼的話，我可能為她做了一、二，她為我做了九、十。這種朋友，打著燈籠都找不到啊！交到這種朋友，三生有幸啊！不過，朋友在一起，不是在論好處或利益，而是「一個人的快樂是快樂，兩個人的快樂是幸福」。林珠老師，就是一個在散播幸福的人。

世界上最美的感受，就是發現自己的心在笑。因為林珠老師經常在付出，為別人帶來幸福，所以她的心經常在笑，每當你看見她臉上在笑時，其實那是因為她的心開始笑了。

作者序

# 協調的美好

這本書，充滿挑戰，即使此刻，仍舊膽戰心驚。

第一次見到林珠老師，是在兩、三年前，混障綜藝團在臺北看守所的一場演出。那天林珠老師是以貴賓的身分，在臺下欣賞演出。我站在舞臺上，看到臺下的林珠老師抓著自己的手帕，不斷拭淚，眼淚落下的速度，手帕來不及接。演出完成後，我詢問劉銘老師，那位哭得眼睛紅、鼻子紅的女性，是第一次看演出嗎？劉銘老師笑著說：「才不是，已經看了無數次了！」這是我對林珠老師的第一印象，很容易感動，很愛哭。

在劉銘老師的引薦下，為林珠老師紀錄22年的教誨志工生活，這件事開始漸漸成形。從擬定書本方向、開始採訪，才慢慢地認識書中的主人翁。

隨著世界在經濟、科學的不斷進展之下，女性本身的複雜以及在社會機器、家庭運作中交織的影響，一直是我非常有興趣的議題。以我自己為例，自小是童星，背負著經濟的擔子，看著阿母受到父親暴力相向，卻仍舊堅毅的扛著男人應該扛的責任。自己成長的過程，邊拍戲邊讀書的日子，一點也不輕鬆，雖然在某個人生階段，兩邊看似都有點成績，心中卻始終覺得不足，仍舊藏著自我實現的夢想。阿母跟我一樣，一邊養育著兩個子女，一邊也捧著靈魂深處的空虛，即便最苦的日子已經過去，眼看就要柳暗花明，但是那桃梅遍布的平靜，還沒到來。女性，早已不只是結婚生子、傳宗接代的使命而已，這跟東、西方文化無關，這是身為人的自覺。

結婚生子、傳宗接代，是一件尊貴的事，但是女性，不會只是如此。

完成林珠老師的這本書，書在字數與頁數的限制下，已然完成。但是我清楚地知道，林珠老師對於自己生命的期許，還有一段遠遠的路。很多人可能會把這本書，當作是一個了解矯正機關的素材，甚至是一窺監獄私密的機會。不論是什麼，只要它能滿足閱讀者的需求，身為作者，心中榮幸備至。

不過，對我來說，這本書，訴說的是一個女性成功的範例。在家庭、職業、自我實現之間，達到協調的美好，這境界如同世界和平一樣的困難，但絕對不是不可能。林珠老師完成了這項挑戰，而同樣身為女性，我深感驕傲。

# 目錄

25 第一章 三合院
26 三合院之小腳鞋
34 三合院之大聲公２人組
40 三合院之典雅
52 三合院之媒人婆
59 第二章 婚姻
77 第三章 職業與志工
93 第四章 教誨志工的那些日子
94 伯樂與千里馬——臺中看守所所長 葉碧仁 v.s. 林珠老師
108 價值無限——矯正署前副署長 詹哲峰 v.s. 林珠老師

114 惺惺相惜——矯正署醫療組科長 沈淑慧 v.s. 林珠老師
146 福氣無限——矯正署前主任祕書 鄭美玉 v.s. 林珠老師
152 俠女姊姊——臺北看守所輔導科主任管理員
暨立德廣播電臺臺長 王之后 v.s. 林珠老師
158 Y先生
172 T先生與L先生

209 第五章 **停不下來的路**
…

# 第一章　三合院

# 三合院之小腳鞋

「磕、磕、磕、磕」的聲音，敲在泥土地上，沿著三合院的長廊穿過暗紅色的磚瓦，一聲一聲清楚的傳到稻埕上。五歲的小林珠踩著小腳鞋，一蹬一蹬的像隻失速的蚱蜢，在草叢中東歪西斜。小腳鞋棗紅色的布面上，橘紅色、暗青色的繡線，編織出吉祥的中國結飾樣。已經泛汙的木頭鞋跟，磨損得並不嚴重，但是長時間著力在腳尖的關係，鞋頭的底面磨得接近布底。小林珠必須要將腳尖踮得更高，才能不破壞小鞋的腳踝形狀，而得以穩穩地前進。遠遠的看，小林珠奇異的走路姿勢，竟像是走在伸展臺的模特兒，顯得滑稽。

不知道是不是常常踮著腳走路這樣的原因，五歲的小林珠，竟也真的長得比大自己五歲的姊姊還要高。走秀的過程，這樣的身高優勢，才能讓她從紅磚牆的窗瓦中，偷看奶奶是否返家，是否來得及逃過一頓打。

這是個驚懼卻又雀躍的過程。若被奶奶發現，絕對少不了一陣枝條伺候。這樣的事，已經是家常便飯，彷彿從出生就註定的，在奶奶心裡，林珠該是男生，卻成了實實在在的女生。失落是一顆種子，在奶奶心中生了根、長成樹，看到林珠，失落就如同四季繁茂的樹木，生命力十足。奶奶總是可以找到責罵林珠的理由，爺爺疼愛林珠，用腳踏車載著林珠，到三合院後面的圳溝抓魚抓蝦，到處去玩，但這怎麼可以，爺爺也太不知道輕重，這個女孩怎麼有資格玩耍，她又不是男孩，於是，「死查某歸仔」就是林珠的名字。

哥哥與弟弟是男生，就該萬千寵愛，在這個以奶奶為領袖的林家分家裡，這是家訓，可以理解。對奶奶來說，已經有一個姊姊的林家，占了女孩兒的一枚容忍度，所以在奶奶的期待下，林珠出生時該是多塊肉，可是沒有。現實是，誕生在這個世界上的，又是一個嬌滴滴的女孩兒。所以林珠自小便明白自己與哥哥、弟弟該是不同，重視與輕視該是不同，接受這樣的待遇是一件自然的事。就像是小寶貝牙牙學語，該稱母親該稱父親，就是這麼容易，沒有想反抗沒有想抵制，這是林家三合院中八戶人家，我們這家屋簷下的常規。所以，與奶奶的相處，都是在捏、打、罵中度過，雖然不明白，可是接受，因為這是自然。只是，姊姊呢？又怎麼說？姊姊不用去讀書，不用被嫌功課差，每天跟奶奶外出做生意，和奶奶相處的時間這麼長，也不見奶奶疾言厲色，不見這分自然。會不會，自己就是這分自然當中的脫序？誰都該被疼愛，唯獨自己不稱職於那分恰當。

因為理不出頭緒，所以小林珠的心裡開始糾結，開始想方設法地找到一點點「平衡」。小腳鞋，就是搖晃中最極致的平衡。

踩在奶奶小腳鞋的時候，感覺自己跟奶奶牽著手在一起、疼愛在一起、衣著在一起、權勢在一起。所以即使每次都一定會被奶奶發現，隨之而來的，奶奶的脾氣、腿上的抽打與泛血的細長傷口，絕對免不了，但是再怕再痛，也敵不過心中想成為，和姊姊一樣受疼愛的孫女，甚至，是想成為和奶奶一樣的女性，幹練、精明、果斷、美麗，這個渴望，小林珠在當時完全沒有察覺，那是後來自己成了家，扛起了某些責任之後，才漸漸顯現的序曲。在此刻，穿上小腳鞋，是與奶奶形成共鳴的最好節奏，即使身上的疼痛與心中的恐懼、疑惑，無法遏止的持續蔓延，但是，像奶奶這樣的女性，就像是小腳鞋上的中國結，就像是三合院中的稻香，代表吉祥、代表韌性。

母親侍奉爺爺奶奶至孝，小林珠將一切都看在眼裡，特別喜歡母親為奶奶漿的棉被。大太陽下的稻埕上，百合白的棉被厚厚重重的披掛在竹棍上，一陣風吹來，棉絮的微塵搭配米麥的清香，即使在稻埕與堂兄弟姊妹玩得瘋野的小林珠，也忍不住回頭，如同聽著搖籃曲的嬰兒一般，陶醉其中。趁著奶奶外出做生意，不在院內，下午玩累的小林珠，總是會偷偷爬上奶奶的床，窩在母親的孝心、陽光的餘溫裡，沉沉的睡著。但是這樣的沉沉，沒辦法支持心理的安穩，這樣的沉沉，沒辦法抵抗靈魂中在尋找答案的不安定。也許棉被裡，有奶奶的威儀，也許清香中，拿來充作抽打工具的竹棍味道參雜交織，不知不覺的小林珠，下午沉沉的美夢，常常會在奶奶的謾罵聲中、母親的緊張情緒中劃下句點，因為意識中的焦慮，造成生理上的尿床。

這個時候的小林珠，搞不清楚自己為什麼這麼沒用，總是尿床。在堂兄弟姊妹中，自己勇往直前的個性，一點也不輸給男生，個性不服輸加上個子高大，堂兄弟姊妹也沒有人把自己看作是女孩兒。除了玩耍，小林珠在母親要求的家務工作中，雖不擅長，也努力摹仿著母親的溫婉細心。可是，漿棉被的美夢，怎麼就都走到如此的結局。奶奶的氣憤、母親的歉意，這都不足以傷害心靈強大的五歲小林珠，可是，對於生理上無法控制的尿床，她始終無法釋懷、無法理解。當時的小林珠不知道，這件事，壓在心中其實還要很久很久，要一直到自己念了書，才會真正的理解、真正的放下。

母親每天從早到晚，沒有聲音的為一家人忙碌。唯一會發出的兩種聲調，一種充滿氣力的，是菜市場中招待客人的聲音，另外一種是輕柔地語氣，提醒著小林珠：「奶奶要回來了，看到奶奶，妳就往旁邊躲。」與奶奶尖銳激昂的語氣不同，母親的聲音是輕柔，但是和母親在一起，林珠感覺到一種沉穩的力量。不過，話語發出的聲音，終歸只能用聽的，奶奶在這個屋簷下的掌事之權，還是只能自己去面對。從三合院屋頂夾層裡，塞滿的鈔票中，宣告著奶奶善於交際、精於生意的手腕，宣告著這個林家三合院中，八個子女的其中一戶分家的領導者立場。上了小學之後的林珠，被賦予了掃除的家務工作，儘管，林珠知道母親、姊姊的辛苦，已經相當認真的清掃，但是賣完菜回到家的奶奶，就像是一種宣洩、一種特定的儀式，捏著、掐著林珠就往打掃不足的地方挑剔。這情景，是這個分家中的任何一個人，都無法置喙的絕對。

但是小學的林珠，已經擁有更加豐富的情緒，從完全地接受不受奶奶喜愛的事實，到不明究理、充滿疑問。現在的她，被嫌棄、被抽打之後，臉上滑落的眼淚，參雜著一種首度來到生命中的感受。就像是颱風天，毫不拘禮的狂風，恣意奔馳在三合院中的屋瓦、長廊、門板，形成震耳欲聾的碰撞聲，一聲一聲的敲打著三合院中，每一個人的人生，毫不遲疑。林珠當時心中的感受，就像是這些聲響，無聲無息的，澎湃著心臟直線的躍動，激起了從來沒有過的意識，那個情感叫做「恨」。這股恨意，雖然還是夾雜著對奶奶的敬畏，但是也足以讓林珠採取某些行動。踢倒奶奶的鞋、弄亂媽媽幫奶奶摺好的衣服，這些反抗的行動，看似簡單，撇嘴一笑即可帶過。但是對於當時三合院中的社會文化中，濃郁的道德分明、責任分明、權限分明，這些硬生生的氛圍來說，小林珠的反抗行動，已經如同改變人類生活、改變各個生活面向的工業革命一樣，具有不可抹滅的意義。雖然這些行動在當時，只換來了又一陣的鞭打，然而對林珠的生命來說，對小林珠一直以來生活的宇宙來說，因為這樣的反抗行動，實質上是產生了不同凡響的勇氣與改變。林珠的生命基底產生了隱隱約約，想要突破的力量，小林珠的宇宙，因為這一點點的改變，使得運轉未來人生的軌道，也跟著軸心一天一天位移了起來。

後來，通貨膨脹的年代，幾萬元舊臺幣換一元新臺幣，塞滿三合院屋頂夾層的鈔票，一夕之間消失殆盡，奶奶一輩子的拼搏，終究也抵制不了時代的推進。即便如此，累積在林珠心中的這股勇氣，一直一直守護著林珠未來的人生，包括婚姻生活、包括志工生涯。可能是三合院獨有的韌性，讓林珠始終相信，一切會變更好。「誰說女生就不如男生！奶奶可以，我也可以！誰說人生就只能這樣，一定會更好！」這是支撐著小林珠總是懷抱著希望的簡單話語。誰說因初春的暖陽而消失殆盡的積雪，是不好的呢？雪融了，百花便盛放了。

奶奶對林珠的怨懟，影響著林珠長達數十年之久，自我認同的掙扎，如同地上爬行的蛇，隨著小蛇變大蛇，需要很用力的，一次一次褪去外殼。不過，吸收著奶奶撐起林家這片天時，所付出的極致強悍，這養分同樣的也包覆著植於林珠心靈深處，不斷茁壯的願景，這願景在當時其實不甚清晰。

所以，關於此刻，如果來下一個暫時的結論：「林珠心中的人生願景，是從奶奶的訓斥與厭惡開始。」這句話，扎扎實實的公平。

## 三合院之大聲公2人組

母親的壓抑其來有自，來自於父親的昂揚。

爺爺奶奶沒有生育，母親、嬸嬸、叔叔自小是養女、養子，父親則是招贅進來林家的女婿。雖然彼此與彼此之間，沒有血緣關係，但是奶奶的精明幹練顯然影響了母親，不過奶奶的尖銳與霸氣，母親沒有學，父親倒是學得挺好。

在小林珠的小時生活中，三字經等同於父親的代名詞。父親高興的時候，帶著笑容來兩句三字經，如同哼著小調。不高興的時候，那兩句三字經，甚至更多句，就像是軍歌，擲地有聲。如若憤怒指數再往上提高，連珠炮般的三字經就如同機關槍射擊的力道，在三合院的紅磚牆間不斷迴盪。這個程度的力道，後來在弟弟成長的過程中，很常出現。那父親與弟弟的關係很熟悉，因為弟弟之於父親，就像是林珠之於奶奶。當然，父親的強烈射擊也不會只針對弟弟，在林珠初中的時候，就曾經帶著一位江姓朋友回家作客，父親眼見對方可能對林珠有追求之意，便開啟機關槍，劈劈啪啪地將人轟出三合院，體無完膚，只因為對方姓江，跟自己的本姓一樣，所以二話不說，展開射擊。後來，江先生當然不敢再越雷池一步。

父親是疼愛林珠的，林珠也喜歡跟父親撒嬌。即使已經在讀專科，林珠都還會像個小女孩一樣，膩在父親身旁尋求疼愛。「你在外面不要說我是你女兒，很丟臉。」可能就是因為疼愛，關係親密，也只有林珠敢對父親說這樣的話。這句侵害父權的話，父親聽了也只是意思意思地拍了林珠的頭，沒有動怒，足見父親對於林珠的疼愛。林珠在三合院的長久歲月，能夠越過奶奶的苛責，父親的疼愛是很大的平衡力量。只是，父親完全不管世事，像極了爺爺，兩人各自有各自的交友圈，都不常在家，總是遊蕩遊蕩著，到晚餐時分或是更晚，才會出現在三合院。所以，雖然父親給了林珠正面的力量，不過，艱辛的日子還是伴著日出日落，伴著孤獨的林珠，於是負面的力量更像是冬日的冷風，隨著磚瓦的老舊，鑽進三合院的屋內，就這麼鑽進林珠的心裡。在林珠心裡的某一個角落，存放著許多憤恨、許多怒氣。恨奶奶欺負自己、嫉妒弟弟得奶奶疼、無奈三合院中時時刻刻的不公平、羨慕同學穿得漂亮、怨恨婚後婆家的窮苦、氣惱先生不浪漫、沒有撒嬌的對象、情緒無法宣洩……。這些負面情緒，林珠多想像父親一樣，讓負面的壓力隨著言語表達出來，但是林珠始終壓抑著。壓抑到婚姻中，終究起了波瀾。

弟弟與父親的血緣關係，嫡嫡親親。遺傳也好、影響也罷，弟弟面對人世的態度，就像父親的翻版。受長輩疼愛的么子、呼風喚雨的么子，到底劇本會怎麼寫，大家一目瞭然。弟弟不愛讀書，應該說是就算不用把書讀好，也獲得了無止盡的疼愛與重視，所以不需要把書讀好，不需要在學校得到肯定，那麼辛苦在一分兩分上，是愚蠢吧！所以，努力過自己想過的生活，怎麼快樂怎麼重要。弟弟喜歡研究車，這一輩子栽在車子上的金錢，可能跟三合院的經濟極盛時期，奶奶藏在三合院屋頂夾層上的金錢，不相上下。

在媽媽離世前，交代了林珠，最小的弟弟，一定要眷顧。這句話，讓林珠在弟弟屢賭屢輸的輪迴中，吃盡了苦頭。婚後的林珠，實際面的生活已經相當辛苦，面對弟弟無止盡地挖掘，林珠苦不堪言。大人的世界，小孩其實看得很清楚，在三合院是，在林珠的家庭裡也是。有一次，林珠一家四口出遊，選擇的遊玩地點，都是不用費用的植物園、新公園，回程時，大兒子走不動了，但是林珠堅持繼續走路到公車站牌，全家搭公車回家。大兒子委屈的說：「為什麼舅舅坐計程車來借錢，妳都借給他？我們累了也不能坐計程車，要喝養樂多也沒有。」這句發自孩子口中，最赤裸的事實，劃破了林珠的迷惘。難過之餘，林珠決定，再也不借錢給弟弟。可預期的在不久之後，如同父親二世的演出，在家中上演。弟弟站在林珠家中，大罵三字經，吵吵鬧鬧。看著弟弟近乎瘋狂的演出，林珠抽離了當下的自己，彷彿又回到了熟悉的三合院。當下林珠明白，這是奶奶與父親在身後留下的，最無法抹滅的存在，即使自己離開原生家庭已經很久，這分沒有血緣與有血緣的牽扯，不會停止。於是，一段時間之後，在與姊姊商量之下，支付了頭期款，買了一輛車，期望弟弟可以駕駛計程車營生，當然，事情不會突然變得美好，還是會經過許多的波折。不過，終於在近年，弟弟也結婚生子，生活漸趨安定。林珠沒有辜負對於母親的承諾，而這個承諾還會繼續下去。

林珠是感謝的，感謝奶奶的精明幹練、感謝父親的兇悍、感謝母親的柔順，在這些血脈中，自己不斷地吸收、不斷地判斷學習。在這些嫡親中，自己得以分秒深刻的省思與調整。即便現在，日子行走的模式已經與往昔截然不同，但是林珠知道總是會在某個停頓的時刻，這些血脈，會竄進身體億萬個細胞中，激起過往，再次的與當下融合。對於此，林珠是感謝的。

## 三合院之典雅

母親是三合院中，壓抑氛圍中的一陣清風。

個子很小的母親，扛著三合院中，一家子的照料與一部分的生計，還背負著父親與弟弟的嬉鬧人生。母親如同臺灣歷史中，許多堅韌的女性一般，充滿著溫柔的力量，不太有聲音，但是家庭中各個充滿希望的角落，卻都是她用行動，堆砌出來的強大聲響。

爺爺是小林珠的長輩中，難得的兒童樂園，坐在腳踏車前的橫桿上，爺爺偶而載著她，去三合院後方的圳溝玩耍，雖然，這是美好的，但是這樣罕有的日子，總是會在奶奶的喝斥、打罵下結束，過程中的美好情懷，也掩蓋不住，心中對於「如果奶奶知道以後會怎樣」的擔憂。父親不問世事，鮮少在家，動輒惡口的形象，讓小林珠對這個家人最好的詮釋，就是疼愛歸疼愛，還是敬而遠之。家裡四個孩子，哥哥年歲較大，成長的歲月，哥哥似乎像是一縷遠方的風，看得到林木因風吹拂而搖曳，卻感覺不到皮膚因空氣的流動，得到膚慰的真實。弟弟是奶奶的心頭肉，和林珠是不同的身分地位，主動保持距離，是小林珠小小的年紀裡，學習到的第一個做人處事技巧。姊姊每天跟著奶奶忙進忙出，比林珠還小的身軀，複製著母親的身影，沒有發出聲響的，在三合院的偌大屋簷下，像根迷你頂梁柱，努力擔負著巨大的沉重。對於小林珠來說，三合院中的八戶人家，人口眾多，但是與家人間親暱的感受，好像只有在母親漿棉被時，可以真切品嘗到。

小林珠很喜歡看著母親用米漿，一搓一搓的揉出汁液。半透明的汁液，隨著母親每一次的力道，散射擴張，在大大的鐵盆中，像是一望無際的海邊，一波一波的堆疊，汁液也因為這樣，顏色不斷的累積，一層一層地加深，漸漸地從透明到舒服的米白色，看不見底。母親一次一次因為用力而發出的悶哼聲，棉布與米粒摩擦揉搓的沙沙聲，鐵盆也因為搓揉的晃動，不斷地撞擊泥土地面，發出鏗鏗聲，這眾多的聲音，在鐵盆、地面與三合院的紅磚牆間不斷反彈，創造出規律而豐富的交響樂。浸過米漿水的被單、床單，在三合院的稻埕一角，恣意地享受著陽光，百合白的棉質布料，在時不時的輕風吹拂下，像母親掛在臉旁的髮絲，充滿著溫柔。母親漿的棉被，不全然的硬，而是酥綿酥綿的，還是溫柔。米漿的清香、陽光的味道，這樣綜合著色香味、聲音、畫面的親暱，一直到小林珠有了自己的家庭，還依然緊緊的揣在懷裡。

母親總是在奶奶外出的時候，鼓勵小林珠趕緊去跟堂兄弟姊妹在稻埕玩耍，但是也千叮嚀萬囑咐，「奶奶回來的時候，妳就趕快躲開。」雖然，母親的叮嚀給了林珠無比的溫暖，不過該挨的打、不該挨的打，還是如同地球每天一定要公轉自轉一般，無法停止，否則萬物無法運作，否則三合院無法運作。母親總是會查看著小林珠，雙腿被抽打，泛著血絲的傷口。小林珠雙眼哭得紅腫的心靈，看見母親微微皺著的眉頭，仔細查看的眼神，似乎又得到了力量。尤其是在小腳鞋壞掉之後的慘烈抽打，母親會邊查看著傷口，邊重複地問著：「妳怎麼就是一定要這樣？一定要去惹奶奶？」這不像是問句，比較像是對於生命中，許多已經承擔的逆來順受之下，唯一的小小掙扎。對於母親來說，養父的不問世事、玩笑人生，丈夫也傳染著養父的一派輕鬆，再加上動輒得咎的大嗓門、脫口而出的三字經，養母的權威、小叔的經濟援助、小兒子的玩世不恭，這一切無止境的日子，就像是女兒經常性地細紅傷口，好不容易好轉了，卻又活生生、血淋淋的映入眼簾。但是，不管發生幾次，小女兒身上的傷口，母親心中的疼痛，就真的不能避免嗎？不是讓妳躲開嗎？這才是母親想問的。

不過，這樣的脆弱空間，不管是母親還是小林珠，都沒有辦法停留太久。轉過身，母親接著去幫奶奶溫起小酒、備點下酒菜，奶奶做生意的疲憊，在此刻得到撫慰。同樣是女性的母親，是懂奶奶的，只有在這樣的時刻，才能夠稍稍擁有被呵護的安全感。所以，忙進忙出的母親，收起剛剛的脆弱，此刻只想服務好「女兒」與「媳婦」這個角色。躲得遠遠的小林珠，看著對於長輩侍奉至孝的母親，雖然自己臉上還掛著淚滴，即使痛、即使恨，也清楚明白，對於「孝順」這件事，在林家偌大三合院裡面，屬於爺爺的分家中，完全沒有商量的餘地。就算母親是養女、父親是招贅，兩個人本姓都不是「林」，但是這個鐵則，也一樣穩如泰山。

小林珠在稻埕上看著大廳中的兩位女性，一位是坐在木頭椅條上，剛剛揍完小林珠，還喘著氣的奶奶，一位是穿梭在廚房、客廳之間，忙進忙出、端出小菜、捧上溫酒，面對奶奶總是敬畏的母親。在夕陽下，兩個長長、紅紅的影子，映在神桌、祖先桌的那面客廳主牆，好像在說著，影子逃脫不了主人的游移，跟著命運如影隨形，活著的人也逃脫不了家族傳統的形塑，與祖先合而為一。這樣的畫面，讓小林珠忘不了，儘管腿上的抽痛、眼眶裡的淚水，在這麼小的年紀，承受起來，都是難過、傷心與恐懼，但是三合院大門口的木框，此時就像是個精緻的畫框，畫作中暗紅色的色調，描寫著兩位截然不同的臺灣女性，展現著無比的生命力，支撐著這間三合院中，三代同堂的日子，支撐著這個再平凡不過的家。這幅畫，在小林珠的心中久久不散，穩穩地種下臺灣女性的形象、穩穩的種下自己將來會有的樣子。

兩位截然不同的女性，對於自己的生命，卻同樣擁有堅持與強硬的精神力，奶奶與媽媽，是在林珠生命中占有重要地位的女性，她們承擔生命功課的強度，就算是小小年紀的林珠，也能體會一二。一直到現在，兩種不同典型的堅韌女性，都是林珠希望仿效的模樣，有一段時間，這樣內化的價值，甚至讓林珠在後來致力於幫助女性的過程中，產生了糾結與矛盾。

小學時期的小林珠因為要上課，不常在菜市場幫忙，母親也不會常常開口要小林珠去幫忙。不過偶一為之的時候，她是很喜歡在菜市場跟母親一起待著的。母親在菜市場做生意的樣子和平時不同，儘管出門前，一大家子的家務多到做不完，但是只要母親跨出院落，身上整潔端莊平整的服裝，彷彿可以聞到陽光的味道般，是這麼的怡人。母親的服裝，大多是單色，和奶奶完全不一樣。奶奶的洋裝，有時候是碎花、有時候是幾何圖形，看上去充滿著活力。母親總是穿著單色的直挺上衣，搭上單色的長裙，雖然簡單，但是純粹的力量隱隱展現，讓人不敢輕忽。特別是，母親喜歡的色調大多是桔色、淺紅，或是帶點橘色的黃，這些溫暖的色彩精靈，渲染著母親身邊所有的人，讓人充滿安全感。

在菜市場面對客人的母親，像是一個優雅的新聞主播，即便客人一窩蜂地擠在同一個時間來到攤位前，母親仍舊維持著沉沉穩穩、徐而不慢的節奏，那是母親獨有的氣味。這樣的節奏，總是讓小林珠看得目不轉睛，目不轉睛的原因是，母親和傳統市場中，其他的豬肉攤老闆娘、菜攤老闆娘，所有的老闆娘都不一樣，這讓小林珠很得意。所以，對小林珠來說，女生就是要像母親一樣，打扮得體、溫順平實、怡然自得。特別是當母親面對眾多客人的時候，雖然忙碌，但是從容。那樣的時刻與三合院中忙碌的母親，同一時間要侍奉公婆、要操持家務、還要關懷子女、更要保護不知道什麼時候，會被奶奶逮到的林珠，沒有什麼不一樣。站在菜市場攤位後面的母親和家裡的母親，總是可以面面俱到，讓每個客人帶著安心的笑容離去。

小林珠在當時總是羨慕著同學穿著漂亮洋裝、嫉妒弟弟受到百般寵愛，但是只有在這樣的時刻，站在菜市場的主播身旁，小林珠感到驕傲、充滿自信。這樣的母親，是屬於小林珠的，是誰也比不上的。這樣的母親，讓在兄弟姐妹中找不到自己的位置、在學校的成績總是居中，不上不下的林珠，產生了自負的心情。因為得意、驕傲、自負，所以在菜市場的小林珠，笑容總是特別燦爛，招呼也是甜的像盛產季的荔枝，薄皮完全包不住汁液，膩的讓喉嚨沙啞。於是小林珠在菜市場總是可以得到客人的讚賞與關注，而在這樣的時候，小林珠會抬頭看著母親，看看母親有沒有注意到，她得到的讚賞。菜市場的攤位，是母親維持「生存」的殘酷舞臺，也是小林珠得到「生存」的華麗舞臺，只是這兩個「生存」，還是有喜悅程度上的極大落差。

不過，孩子終歸是孩子，總是有很多不明白的時候。小學的林珠，乖巧地想成為好學生，想要在脫離三合院、脫離奶奶的狀態下，建立自己的小社會。無奈，在教室時，並不是特別聰明的林珠，因為聽不懂、讀不了，很多的時候，白日夢是她最好的朋友。一班五十幾位學生，沒辦法名列前茅，也沒有挑戰權威想直接放棄的野心，於是成績總是落在二十幾名打轉。「平凡」，造就老師不特別疼、不特別關心，幾乎漠視。當然，老師不特別關心，還有一個顯明的理由，就是沒有參加老師舉辦的補習班。這件事，就是讓林珠不明白的事。「萬般皆下品，惟有讀書高」這個觀念，在當時的臺灣社會，是很崇高的，照理說，自己「女生」的身分，應該是沒有讀書的機會，至少姊姊就沒有。姊姊每天跟著奶奶忙進忙出，忙著菜攤的生意、忙著三合院的運作。自己的命運，應該也要像姊姊一樣，陪著母親忙進忙出，忙著肉攤、忙著三合院才是。不過，母親從來就沒有開口要小林珠去多做什麼事，做生意也好、家務也好，都沒有，這讓小林珠不明白。

如果這樣判斷下來，母親應該是希望小林珠讀書的吧！可是，每次要交補習費的時候，小林珠總是一大早上學前，衣著完整、背著書包，站在三合院稻埕的邊邊一角，等著晒衣服的母親，遞給她珍貴的補習費。每次這樣的時刻，小林珠都扭捏的不知所措，不知道該開口說什麼，不知道母親在想什麼，不知道再這樣等下去，上學會不會遲到，不知道到底還要等多久。其實，小林珠也不是一定要補習，反正自己常常聽不懂，常常做白日夢，也不是有什麼企圖，要考多好的成績，來讓家人刮目相看，對於唸書，總是還有自知之明，知道自己在這個方面，笨笨的。只是，這筆補習費可以創造機會，創造什麼機會呢？創造更多遠離奶奶的機會、創造只屬於自己的小社會的機會。

如果說，母親沒有留小林珠下來跟著奶奶、姊姊的腳步去做生意，而是讓小林珠去學校讀書，是因為「惟有讀書高」，那麼這個補習費，不該這麼難拿。可是，每每要繳補習費的時刻，母親卻什麼都不說，只是不斷持續晒衣服的動作，這讓小林珠相當不解。在那樣的時代，一個肩負傳統美德，沒有發表意見資格的女性，要從一大家子一個月的開銷中，掏出「女兒」的補習費，其實是相當不容易的。這接下來的每一天，也許是下一刻，當女兒去上學了，也許公公會來討點孝敬、也許先生會來要點自在、也許小叔會來調些頭寸，還有下午進貨的結帳、婆婆的小酒、孩子的晚餐，這一切在一間偌大的三合院中，一個承擔男性責任的女性腦袋中，就像正在披掛的衣服，濕漉漉的擰在一起，用力甩也不可能平整。該跟女兒說什麼？能說什麼？在母親沒有讀書的生命中，其實也不懂。

幾次下來，小林珠索性不拿了、不等了，反正補習了之後，成績也好不到哪裡去，只要能夠繼續去學校，繼續躲著奶奶，這樣就好了，成績這件事，還是放寬心吧！這是自知之明。小林珠後來不來了、不等了，母親想，反正也真的沒辦法輕鬆的供應下去，只要女兒可以繼續去學校，繼續闖出和我、和大女兒不一樣的生活，這樣就好了，補習這件事，還是不為難了吧！這是自知之明。只是後來，當奶奶的寶貝小孫子，小林珠的弟弟也上小學了，在學校開創小社會這件事，就更加沒了希望。弟弟聰明，卻不愛唸書，老師應對他當然是一視同仁，成績不好不用關心。再加上，成績不好的弟弟，在奶奶失望傷心之餘，這個錯誤就絕對是小林珠沒有做一個好榜樣之故，所以，責罰自然落在小林珠的身上。如此變調的小學生活，實在也是了無生趣，只好再把希望投注在接下來的初中生活。

公立初中，林珠完全沒考上，之後考上了私立初中的夜間部，當時一位鄰居叔叔跟母親打賭，以林珠的資質，不管是公立初中還是私立初中，絕對都考不上。沒想到，林珠考上了私立初中的夜間部，所以，鄰居叔叔願賭服輸，幫林珠出了一年的私校學費。同時，為了減輕母親的經濟負擔，林珠開始半工半讀，憑藉著高人一等的身高以及在菜市場累積的應對經驗，考上了當時3號以及15號的公共汽車車掌小姐。為了夜間部的學業，當時林珠的上班時間，都是早上五、六點到下午一點。清晨，三合院的炊煙，為了林珠開始熱鬧，母親總是早起為林珠準備早餐，然後陪著林珠從三合院走上一段路，到住家附近交通車的集合地點。這段路，不長，有時候天尚未全亮，母親的臉看不清，不過，兩年的打工時間，母親每天用行動給了林珠最大的力量。

從突兀的身高到鄰居叔叔的賭盤，林珠在三合院的成長，雖然責罰比讚賞多，但是在林珠生命的安排中，總是參雜著些微的詼諧。母親從來沒有擋在林珠面前，為林珠阻擋任何一場斥責，不過，林珠知道，母親的愛，就像是身上筆挺的制服一樣，不管這一日沮喪了什麼、憂鬱了什麼，衣服上的皺摺多還是少，隔天清晨，當三合院的炊煙升起，一切又都是嶄新的一天，又都是充滿著希望。這就是母親，典雅的炊煙，典雅的愛。

## 三合院之媒人婆

說好聽是熱心，說直白是雞婆，這樣的個性，從姊姊的婚姻就可探得一二。

家中四個兄弟姊妹，哥哥、弟弟身為男孩，萬千寵愛於一身，本來，姊姊跟小林珠該屬同病相憐，但是偏偏姊姊跟著奶奶做生意，是奶奶最得力的幫手，所以在三合院中的孫輩裡，姊姊占有自己獨特的位置。這個位置，讓小林珠相當忌妒。不過，有一件事，倒是讓小林珠洋洋得意。小林珠從小個頭高，所以，母親總是先根據小林珠的身形去購買衣服，等到小林珠又長高，衣服無法再穿著時，姊姊才會揀去穿。所以，漂亮的衣服，都是小林珠先享受，之後才輪到姊姊。小林珠充滿忌妒的心情，因此得到一點點平衡。

可能，母親的溫柔，姊姊看在眼裡，可能，小林珠活潑、嘴甜、愛撒嬌的個性，實在也真得人疼，所以，疼愛小林珠這件事，似乎不用人教，姊姊也付出的濃烈。在三合院的時候，姊姊大部分時間都是跟著奶奶行動，與小林珠相處的機會不是那麼多。小林珠雖然讀書成績不好，但是也初中專科一路升學，而姊姊小學畢業之後，就以全職工作以及協助家務的身分，繼續為三合院的一家子努力，因此，兩姐妹的生活更沒有交集，但是姊姊還是默默的支持著小林珠，一直到現在。

師專時的林珠，看出姊姊喜歡在同一個市場擺攤的姊夫，於是，林珠展開了人生的第一個雞婆行動。林珠開始主動邀約姊夫來三合院，製造機會讓姊夫與姊姊聊天，當姊夫回去金山老家時，也積極聯絡，帶著姊姊與姊夫相約在金山遊玩。於是，林珠的第一樁作媒親事，順利圓滿。婚後的姊姊與姊夫，努力地做生意，除了經營自己建立的家庭，也在三合院家道中落時，扮演了重要支持者的角色。姊姊為了協助娘家還清母親理財不善、弟弟恣意揮霍所留下來的債務，除了原本的市場生意，還開始經營雜貨店，每天每天努力的工作，一心只想著為家人為娘家付出，沒有一絲一毫的自己。姊姊從來不為自己買新衣，長年以來，穿林珠的二手衣的習慣，依舊沒有改變。姊姊可以花一千元購買林珠的衣服，卻捨不得買一百元的衣服給自己，有多餘的金錢，全部都交給母親去還債。林珠看在眼裡，相當的心疼，有時候，林珠心疼姊姊的程度，會讓林珠生姊姊的氣。不過，生氣歸生氣，林珠知道自己的能力有限，在現實的世界中，還是要依靠姊姊撐著，所以心疼之餘，只能在白天為姊姊分擔照顧三名子女的壓力。當時，母親去市場工作時，林珠就在三合院照顧姊姊的三個孩子，林珠下午去專科上課之前，母親從市場回來，剛好銜接照料的責任。感激姊姊的這分心情，母親與林珠應該是一樣的。

三合院與市場，大約都是在民國65年前後改建。伴隨著林珠成長、出嫁，塞滿林珠前20年歲月的三合院，從此只留存在記憶中。之後父親母親搬遷到板橋居住，三合院的大家族，三合院的榮枯盛衰，也就此煙消雲散。無法繼續做生意，沒有經濟來源的父親母親，生活的維持就完全仰賴姊姊的供應。一直到父親母親離世，姊姊的重擔才稍微減輕。

三合院的屋瓦現在已不復記憶，不過，當姊姊再次穿上林珠的二手衣時，會不會，姊姊就是想再次回憶、再次體會，當時在奶奶身旁，身為重要幫手的扎實。會不會，對姊姊來說，其實這就是成就生命的一分使命。這個問題，林珠從來沒有問過姊姊，所以答案自然不得而知。不過對林珠來說，長姊如母，從來就不是問題，也不是答案，是姊姊以長年無怨尤的付出，為林家所塑造的心靈屋瓦。

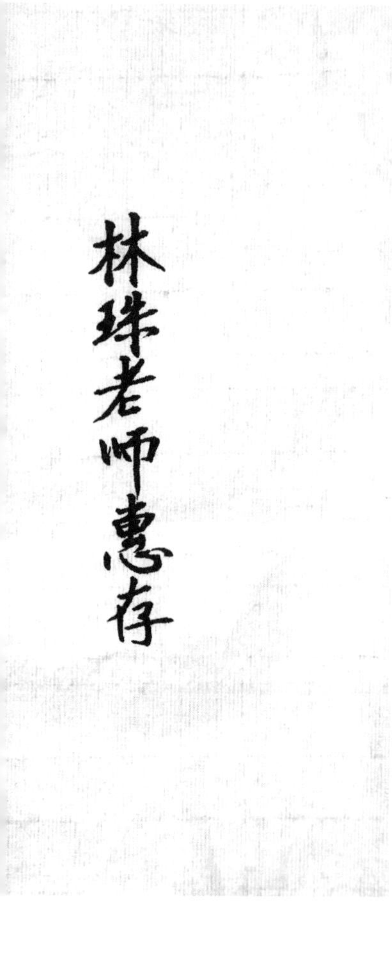


◀收容人書法作品

福
書
2019年1月17日

# 第二章

# 婚姻

## 婚姻

「一定艾吼伊20歲逗嫁出去，這咧查某因仔將來一定嫁老師！」這句話是母親牽著小林珠，走在三合院外的馬路上的時候，遇到鄰居兼算命仙，他跟母親說的話。那年，林珠讀幼稚園。所以，母親在林珠剛滿20歲，幼專一畢業時，就讓她出嫁，嫁的是一個姓黃的老師。黃老師的姐夫也在市場工作，有一年的寒假，黃老師來市場幫忙，因而認識了林珠。母親見黃老師穩重沉靜，認為這跟急躁活潑的林珠，剛好可以互補，於是母親做主，在他們兩人認識6個月時便結婚。

林珠的婆家經營製鞋工廠，黃老師白天去學校教課，下課回到家，就繼續在家中的工廠幫忙。婆家大嫂因為經營工廠、管理家務，數十年來被訓練得十分精明幹練。這樣拼搏的生活，與林珠在三合院雖不受奶奶疼愛，卻也輕鬆自在的寫意人生，截然不同。林珠新婚的隔天，鄰居友人想來家中看新娘，但是遍尋不著，原來新娘已經在工廠中裝鞋、穿鞋帶，開始黃家媳婦的訓練課程。結婚前沒有進過廚房的林珠，結婚後，妯娌要共同承擔家族30幾人的餐食，那手忙腳亂、惹人嫌的情景，彷彿又是三合院的翻版。雖然公公體恤林珠，會提早替她備料，讓她幼稚園下班之後回來烹調，但是，已經承受了奶奶長時間嫌惡的林珠，再多面對大嫂，哪怕只是一瞬間的臉色，對於林珠來說，都是雙倍、甚至三倍的壓力。

工廠的氣氛嚴謹、認真，公婆之間的相處，以精簡談事情居多，林珠活潑、愛開玩笑的個性，看在婆家眼裡，完全不需要，有這樣的精神，不如認真一點做事。黃老師的個性溫和，話不多，也相當習慣大嫂位居家中發號施令的角色，並沒有察覺林珠的情緒壓力。再加上個性一板一眼、嚴肅認真，即使夫妻關起門來，林珠想撒嬌，黃老師也配合不起來，覺得彆扭。黃老師在學校擔當了數十年的教職，沒有任何人嫌棄、沒有任何人不喜愛，是個人緣極佳的好人。唯獨，在與林珠的相處上，始終找不到共同的節奏。

結婚的第三年，公公看出林珠承受的壓力與日俱增，鼓勵黃老師與林珠搬出去，建立自己的小天地。於是夫妻倆找了一間小房子，開始了自己的生活。夫妻的個性差異極大，結婚9年，雖生有兩子，但是夫妻兩人情感冷淡，沒有交集。以前，林珠在三合院過生日時，會邀請同學、朋友來家中慶祝，準備汽水蛋糕，非常愉快。但是，婚後的生日，永遠只剩下兒子會在門口貼上祝福的卡片，黃老師甚至完全不會記得林珠的生日。記得有一年，林珠曾經問過黃老師，為什麼都不慶祝生日，黃老師務實的回答：「我沒有做生日，也是長這麼大。」這個答案是黃老師最誠實的答案，但是不是林珠想聽的答案。

在家中，林珠覺得自己不管做多做少，都完全得不到讚美、得不到肯定，彷彿一切是這麼理所當然、是這麼應該。假日想外出放鬆、郊遊，還未搬離婆家前，礙於大家族的壓力，無法如願，夫妻倆搬出來之後，礙於經濟壓力，也無法成行。最關鍵的原因，也許是林珠自己沮喪，不想爭取的心情。每次與黃老師溝通，無法達成結論時，林珠總是用冷戰的方式來抗議，常常一冷戰便持續一個星期。白天在孩子的面前，夫妻間雖冷淡，但是維持正常的互動，夜晚的夫妻相處，卻異常陌生。這樣長時間鬱悶的心情，讓她產生胃痛的毛病，覺得這段婚姻，不是自己心中期許的婚姻，甚想改變。

經過了15年的幼教工作，轉職到華明心理輔導中心，邊工作邊學習的過程，也得知華明輔導中心有開辦「夫妻懇談會」。這懇談會，需要三天兩夜的時間，需要外宿，中心為了讓參與的夫妻安心，提供照顧孩子的服務，於是林珠便欺瞞黃老師，說是安排度假，報名參加。華明心理輔導中心是天主教的機構，由神父、修女、領導夫婦來帶領，其中有個人成長課程、心理輔導課程，後來這些課程，與林珠在婦女會中進行的實務，相輔相成。林珠與黃老師在懇談會中，經由活動坦承說出自己的想法。黃老師透過一張「大樹下有一個女生」的圖片，說出那名女生不讓人擁抱，有強烈距離感的想法，實則傳遞當時對於夫妻關係的感受，感覺夫妻倆就像是陌生人。林珠則是選擇一張小白兔的圖片，還是表達出自己活潑、不定的個性。

透過這三天的懇談，兩夫妻更加認識彼此，雖然個性還是截然不同，但是因為理解了更多，所以在後來的歲月，林珠即使生氣，也不會如同之前一般持續一個星期之久。例如，明白了黃老師不過生日的原因，是因為從小家中並沒有寬裕的經濟，生存就是大問題，怎麼談得上慶祝生日這樣奢侈的事。夫妻的情感，因了解開始慢慢的流動，也因為這樣，林珠抑鬱的心情，慢慢消失，胃痛的毛病也不藥而癒。而神父、修女在夫妻懇談會之後，進一步邀請他們夫妻擔當領導夫妻，在之後的夫妻懇談會中，帶領團體輔導，這歷程持續了15年之久。

要當領導夫妻，對於自己的心理狀態，對於對方的情緒狀態，都不能馬虎。於是夫妻倆透過5年的輔導課程學習，更加深入的認識對方、認識自己。黃老師了解了林珠喜愛撒嬌、個性充滿浪漫，是因為林珠的原生家庭就是如此。而自己話不多、務實、不喜愛衝突、有強大包容力，則是與自己的父親一樣，談任何事都是認真再認真，沒有開玩笑的餘地。黃老師參與了輔導課程的學習之後，才知道這個世界上，有一些話語不是通過「腦袋」，是通過「心」講出來的，也才明白「感受」與「道理」的截然不同。黃老師開始慢慢去挖掘自己的感受，慢慢去體會對方的感受。林珠也更加明白，雖然黃老師不會用言語表達自己的感受，但是他開始用行動去說。比如說，林珠對於服飾的要求，在婚姻的開始，黃老師是完全不能理解的。對於黃老師來說，自己每天去學校教書，也不是離譜的穿著背心、短褲，再怎麼說，也是穿著襯衫、長褲，這就已經是恰當的打扮了，怎麼在林珠眼中，這與得體還差得遠。怎麼林珠常常談到服飾要搭配、要時尚、要配合場合、服飾代表尊重，這都讓黃老師相當不能理解。不過，經過了十數年輔導與溝通的學習，黃老師終於明白，林珠自小成長的過程中，奶奶與母親對於她在服裝的教育上，影響甚鉅。特別是母親的要求，乾淨整齊、充滿氣質，居家與外出做生意的場合不同，就要有不同的裝扮。初中的林珠在學校的教育下，也一定是裙裝搭配絲襪，女生要有女生的樣子。因為理解，黃老師開始讓自己練習，觀察不同場合的許多人，不一樣的打扮，開始陪著林珠外出尋找搭配用的服飾。

更加認識林珠的黃老師，覺得林珠的個性相當積極。積極的個性對上慢郎中的自己，有時候是好，有時候是不好。當自己還沒準備好跟上她的腳步時，黃老師就會產生著急、沒有把握的情緒。例如家中的裝潢，才剛剛討論而已，林珠已經叫工人了。類似這樣的事情，在當下會覺得焦慮，但是事後思考，認為林珠是對的，既然都是要做的事，就趕快去完成。所以，以前林珠積極處理某件事時，黃老師會拖著，希望稍微拉近自己的處事節奏，但是，現在會立刻回答好。黃老師想，一個家庭裡，就是要有積極的人，如果都慢吞吞，家庭就沒辦法往前走。不過，黃老師在旁邊看著林珠，也發現林珠有時候如果處事太急，會容易疲憊，她焦躁的情緒就會上來，於是家中的小事就會變成大事。起初遇到林珠焦躁時，黃老師會認真的回應，用「腦袋」回應，但是現在更加了解林珠了，一樣認真的回應，只是是用「心」去回應。黃老師發現，用對方法，功德圓滿。

在輔導的領域不間斷的學習，夫妻倆發現不只是對於彼此之間的關係有改善，在親子的教育上，也在此過程中，更加理解孩子的心理。林珠眼見奶奶對於弟弟的寵溺，對於弟弟造成的影響，所以林珠對於自己孩子的教養甚嚴，黃老師是擔當教職，也沒有覺得有任何的不妥。不過，經過了學習，便慢慢的開始改變教養孩子的方法。

夫妻倆透過學習，成果豐碩。現在的兩人，在浪漫這件事的處理上，找到了平衡。一切由林珠去安排，黃老師則是全力配合。後續*15*年的領導夫妻志工，兩人常常在帶領其他夫妻時，又不斷不斷的自我成長。因為學習輔導、參與輔導，而讓困頓的婚姻受益，也許，距離互相理解、互相契合的目標，還有一段差距，但是夫妻倆對於藉由輔導來協助他人的意識，達到了一致。

林珠不管是在職業的選擇上，或是擔當志工，或只是平日對於等車的老人、路邊哭泣的小孩、狀似迷路的成年人，她的舉措動機，看在黃老師的眼中，都相當的鮮明，就是一股腦地想助人。但是黃老師知道，林珠在傳統道德這方面的觀念很堅持，黑白分明、對錯分明、界線分明，這樣強烈、有稜有角的個性，一定會是林珠的功課。所以，當林珠因此在工作上與上司、同事產生摩擦時，黃老師就是最好的傾聽者。雖然黃老師自己在職場也數十年，知道有時候模糊一點比較好做事，但是他卻完全不想改變林珠，因為黃老師欣賞林珠在個性上的這個角度。雖然看著林珠沮喪、生氣，但是黃老師對林珠有信心，這信心一方面來自於，當時間長了，事實自然能證明一切，對方也一定能夠理解，一方面來自於，黃老師知道林珠旺盛的助人熱忱，不會因為一時的挫折，而有任何的影響。所以，黃老師總是在林珠身旁，扮演最佳支持者的角色，不論是心靈的，還是實際上的陪伴。

不過，在教誨志工服務的第*19*年，發生的那件事，卻讓黃老師心疼不已。林珠求好心切的一句台語，使得林珠被收容人提告。黃老師除了念念林珠，台語的用詞，從古早沿襲自今，很多語詞除了表象的意思之外，還有更深一層的意義，如果林珠不是那麼確定，就不要使用台語。除此之外，黃老師著實為林珠抱不平。妻子的付出，如果外人看得七、八分，那麼黃老師絕對是體會十二分。有多少的深夜，家中燈光灰暗，只有妻子書桌上的那盞燈亮著，燈光映照下，是妻子認真閱讀收容人的心得報告，認真批註的身影。書桌旁堆疊著滿滿的勵志書籍、心靈成長書籍、輔導書籍，以便在批註時，隨時翻閱。每日工作之餘，為了想帶給收容人更多，對於自己的提昇不敢稍有鬆懈，哪裡有相關課程、相關講座，就拉著自己一起去上課、去學習。利用工作的空擋，不斷聯繫各方善心人士、各界學者專家，只為了開拓收容人的視野、為收容人的未來創造更多的機會。*19*年來，要去監所帶讀書會的星期三，沒有任何一次因為病假、因為事假而缺席。這麼長的時間，聽妻子訴說了多少收容人的遭遇、看妻子為了收容人的成長，留下多少眼淚。這些真心誠意的付出，黃老師全部收在心裡，化作行動守護著林珠，現在，卻因為妻子太過積極、太過熱忱，而受到這樣的打擊，黃老師相當不捨。

見林珠沮喪、傷痛的樣子，原本相當尊重林珠的黃老師，希望林珠藉此事件改變。因為深深愛護著林珠，所以即使再不捨，黃老師也沒有要求林珠放棄，取而代之的，是陪著林珠找到更恰當的方法。除了安慰陪伴，黃老師希望林珠面對不同的人事物，要學著用不一樣的節奏來應對。有的人可以接受一針見血、當頭棒喝，有的人需要諄諄善誘、細細陪伴，有的人跟自己沒有緣分，就要放下、輕安自在。更希望林珠善良的心中，可以看得清，這世界上，每個人在做每個決定，跨出每個行動的動機不一樣，不要傻得過頭，傷害了自己。黃老師也告訴林珠，就是因為每一個人的動機不一樣，妳這麼多年的付出，才顯得可貴。事件發生之後，一年多的時間，黃老師守在妻子身邊，陪伴著她越過這場，人生至今最大的考驗。挫折真的是人生最好的養分，現在的林珠更加柔軟、更有緩和的餘地，遇到卡住的關卡，黃老師就是她最好的諮詢夥伴。

從事矯正機關教誨志工22年，這源源不絕的動力，林珠覺得是來自於對於生命實踐的成就感。林珠記得，剛結婚時，有一次夫妻陪著黃老師的大哥外出應酬，席間有一個老闆，林珠不認識對方，只是秉持著善意與禮貌，對著他微笑。事後，這位老闆跟大哥說，那位微笑的女性是誰，她的笑容很有力量，讓他今天不愉快的心情都轉變了。從來不知道，一個笑容可以帶來這麼多的力量，所以那位老闆告訴大哥，以後，他也要常常笑。林珠在這個經驗中，深深的體悟到，一個發自善意的動作，可以長遠的影響他人。所以，自己的原始雞婆個性加上這個迴響，在林珠心中，「對的事情就要去做」，這個簡單的想法，驅使著自己不斷的付出。

黃老師陪著林珠數十年的時光，自己也與林珠一樣，擔當過教誨志工。認為這份志工的服務，除了讓自己透過收容人，學習人生的更多面向之外，發現有一種喜悅，是言語無法形容的。那就是，當發現輔導的對象開始改變了，開始真正的認識自己，並脫離過往的窠臼，用新的觀念面對人生時，自己真的會很快樂。那是屬於心靈層次上的快樂，也許是接近任何心靈成長、宗教宗派所說的心靈的喜悅，是一種感受上的、深層的開心。黃老師覺得，感受就是一種力量，一種讓人越做越有精神的動力，完全不會感覺疲累。助人的這分成就感，不是金錢可以買得到。

結婚了46年，林珠曾經一度覺得，在婚姻關係中，自己是那個比較積極主動的人，但是現在，林珠不這麼想了。現在的夫妻相處，林珠自稱如同倒吃甘蔗。曾經有一次，兩人去陽明山遊玩，牽手散步的兩人，談天說笑。跟在後面的一群年輕人上前詢問：「請問你們是夫妻嗎？」後來兩人才知道，這群年輕人見自己與黃老師親暱的情況，居然打賭林珠一定是小三。如果說，度過了前9年的困頓，是因為林珠積極尋求解決之道，但從第10年開始，如果沒有黃老師對自己情緒起伏的包容、沒有積極調整的行動、沒有呵護備至的陪伴、沒有忠言逆耳的提醒，現在的婚姻，不會這麼美好。

林珠總是感覺，每次在監所的教室帶讀書會時，常常會覺得充滿力量與智慧，就如同慈悲的菩薩在身邊引領著自己一樣。而她也始終相信，即使做的這一切，不會被看見，其實也真的不需要被看見，因為老天爺早就已經賜與她，她的人生所需要的一切了。健康的身體、乖巧的子孫，最重要的，是親密的伴侶。美好如此，夫復何求。

⋮

## 親密伴侶黃老師對妻子說的真心話

這次有這樣的機緣，可以將妳的故事，更細緻的描述出來寫成書，從原生家庭開始，撰寫到現在的人生，幾乎可以說是人生的紀錄。這幾十年的辛苦也好、快樂也好，可以留下這樣的紀錄，真的是相當的難得。我跟妳一樣，到現在都覺得這件好事，不太真實。

同時這本書要送給全國的受刑人看，更是有意義。為了讓受刑人了解所有志工的用心、了解所有志工的無所求，同時也能讓社會了解收容人，知道收容人不是毒蛇猛獸。希望社會不要對他們有偏見，不要覺得一切是他們活該、覺得他們就應該要受到處罰。衷心希望社會可以有更多的寬容，可以更加了解收容人自身，也不願意人生如此。很多時候，是原生家庭與社會的影響。今天在監獄的人，我們覺得他很可惡，但是如果把時間拉回他們小的時候，見到他們小時候的遭遇，我們會覺得這個小孩很可憐。所以，如果社會能夠理解，可能有機會，會有較寬容寬大的想法。更生人需要更多的機會，希望社會不要認為他們無可救藥，當然也是有無法改變的人，不過不希望一竿子打翻一船人，許多更生人，只要能得到社會的認同、關心，相信他們一定有向善的力量。

這一路走來，結婚40多年，我實在很敬佩妳，經歷大風大浪時，始終有勇氣堅持下去。不管是對家庭、對事業、對志工的付出，我都相當欽佩。換作是我，我覺得我沒辦法跟妳一樣。妳是一個相當正直的人，雖然有時候會受傷害，不過我在，所以我們還是繼續努力吧！

皆空度一切苦厄舍利子
色不異空空不異色色即
是空空即是色受想行
識亦復如是舍利子是諸
法空相不生不滅不垢不淨
不增不減是故空中無色無
受想行識無眼耳鼻舌
身意無色聲香味觸法
無眼界乃至無意識界無
無明亦無無明盡乃至無
老死亦無老死盡無苦集
滅道無智亦無得以無所得
故菩提薩埵依般若波羅
蜜多故心無罣礙無罣礙

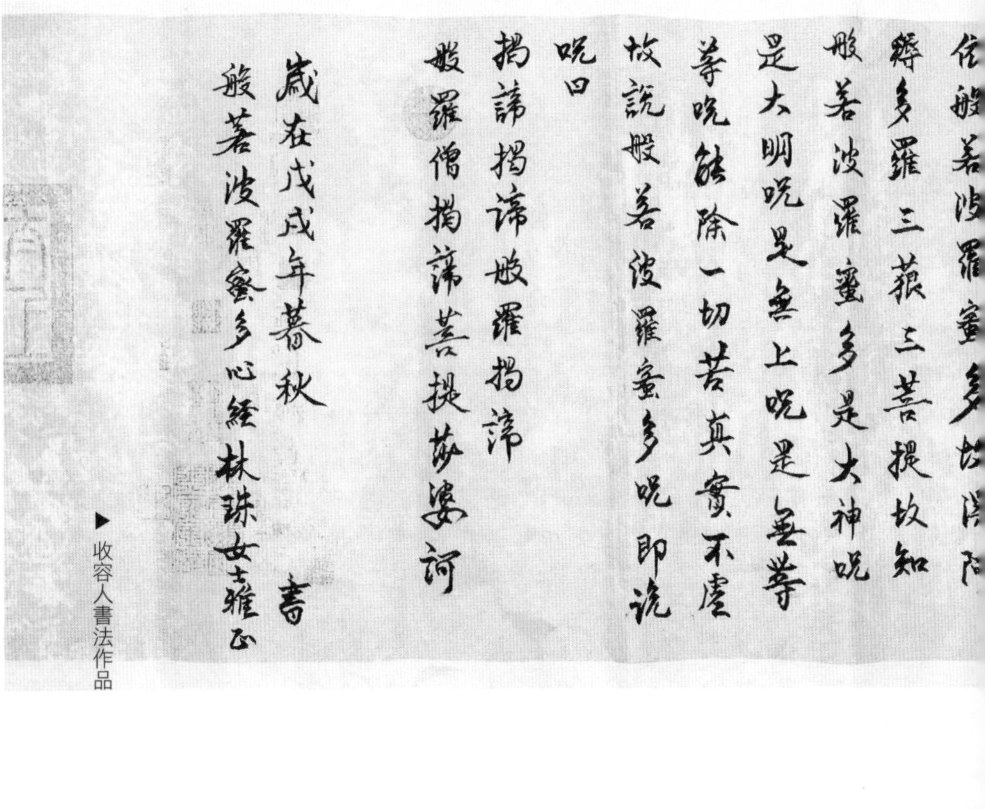
耨多羅三藐三菩提故知
般若波羅蜜多是大神呪
是大明呪是無上呪是無等
等呪能除一切苦真實不虛
故說般若波羅蜜多呪即說
呪曰
揭諦揭諦般羅揭諦
般羅僧揭諦菩提莎婆訶
歲在戊戌年暮秋
書
般若波羅蜜多心經 林珠女士雅正

▶ 收容人書法作品

# 第三章

# 職業與志工

## 職業與志工

林珠進入職場的時間很早，除卻初中的車掌小姐屬於打工性質，從初中三年級開始進入幼教、婚後轉職到華明心理輔導中心，之後的第三份工作，則是任職於臺北市婦女會。婦女會的工作從民國77年一直服務到現在，已近31個年頭。林珠在職場工作的時間，累積已有51年之久，歷經三份工作。認識她的人都知道，她總是活力充沛，像兔子一樣蹦蹦跳跳，不過對於工作的穩定性，卻是讓人出乎意料。其中，林珠會選擇進入監所服務收容人，幼教工作有很大的關係。

從小成績就不是特別優異，再加上沒有補習費，這樣的孩子，在學校也就得不到老師特別的關注。坐在教室的時間，常常聽不懂老師教的課程內容，只能乖乖的做白日夢。交不出功課、考不了好成績、不參加補習，有太多的理由，林珠的小學生活，都是在老師的嫌惡、罵聲中度過。不過，小學一年級的女老師，漂亮又有氣質，也不會對林珠惡言相向，所以，在林珠的心中種下了想成為老師的夢想。雖然接下來的幾年，林珠對小學沒有什麼好感，這個美麗溫柔的老師身影，仍舊甜甜的存活在林珠的心裡。

因為初中讀的是夜間部，一、二年級為了分擔家中重擔，白天在公共汽車處打工，擔當車掌小姐，下午就去學校上課。不過，問題依舊，沒有補習的孩子，幾乎被放棄，林珠的成績就只能常常以個位數作收，所以，上學這件事，雖然曾經抱著期待，最終，還是無力回天。即使到了初中三年級，該是全力衝刺，準備考試的時候，可是已經被老師放棄的自己，怎麼有信心鼓舞自己呢？所以初中三年級的白天，幾乎都在三合院協助家務，特別是當時，奶奶已經離世，驅使自己遠離三合院的因素大幅降低，更可以好好地留在家，當然偶而還是會去母親工作的攤位上幫忙。

當時有一位天主教教堂的幼稚園園長，常常去家裡的攤位消費，園長觀察了一陣子，覺得長相甜美、應對得宜、活潑不怕生的林珠，非常適合幼教的領域，於是就鼓勵林珠到幼稚園，從助教開始學習。園長發現，林珠對待孩子相當有耐心，高挺的身材之下，藏著一顆小女孩柔嫩的心，便認真督促林珠考取幼教老師資格。在園長的支持下，林珠買了一臺手風琴，由園長邀請的老師來教林珠認譜、彈琴。林珠也不辜負園長的期待，順利的考上了國北師幼稚專科學校的暑期班，經過了三年的學習，得到了幼教老師的正式資格。幼專畢業之後，雖然就在母親的安排之下結婚，然而這份幼教的工作仍繼續持續了15年。

在幼教的工作中，接觸了許多特殊兒童，例如：遲緩兒童、自閉症兒童，不過那是現在的認知，在當時有許多家長不能接受自己的孩子，與他人不一樣。這其中，大部分是媽媽承擔了較多的教養責任，所以林珠眼見許多媽媽以不健全的方式對待孩子，所形成的親子疏離、成長扭曲。除了無奈，長久以來，林珠一直問自己，還能為這些孩子、這些父母做些什麼？林珠開始將這些記錄下來，而這樣的記錄習慣，也沿用到進到監所帶領讀書會。

有一個實際的例子，讓林珠至今印象深刻。記得，有一天早上，林珠在幼稚園門口迎接小朋友時，有一位送兒子來上學的媽媽，氣急敗壞的罵著孩子：「你再不把車鑰匙拿出來，晚上你就別想吃飯！」林珠看到可憐的幼童，一臉的哭喪、害怕與憤怒，讓林珠當時心中相當不捨。近一步了解緣由之後，理解了媽媽會生氣的原因。一早，媽媽本就著急地趕著要上班，但是孩子尿床，弄濕了床單、被單，媽媽好不容易清洗好，準備要出門了，結果車鑰匙，卻怎麼找也找不到，媽媽問孩子，孩子也都無動於衷。媽媽知道是孩子搞的鬼，情急之下，打了孩子一巴掌。最後時間逼近，只能走路出門，所以到了幼稚園門口，媽媽才會如此焦急與生氣。

小男孩走路來幼稚園的過程，一路哭泣，進到幼稚園，林珠只是擁抱、安撫、同理幼童，聽他慢慢哭訴。果不其然，是小男孩藏起了車鑰匙。得到了安全感的小男孩，竟然跟林珠說：「老師，我跟妳說喔，妳不要跟媽媽說。我又不是故意尿床，每次我尿床媽媽就打我，所以，媽媽在洗衣服的時候，我把鑰匙藏在沙發椅後面的縫縫裡，看她怎麼樣。這麼愛罵我打我，我要讓她氣死！」這段話聽在林珠的心裡，感慨萬千。為人母這麼辛苦的養育子女，不是不用心，只是因為蠟燭兩頭燒，難免對自己的情緒無法掌控，不但傷了孩子也徒勞無功。看到小男孩哭訴著訴說，因為尿床被責打，讓林珠想起小時候，也總是因為尿床在奶奶的被褥上，而遭到打罵，奶奶甚至會拿起沾濕的被單、床單，就往林珠的臉上擦。當時屈辱的心情，一直到現在都還隱隱作痛。所以林珠完全能夠理解，孩子絕對不會故意尿床，無法控制的行為，常常是源自於心理的壓力。小男孩的媽媽不斷的告訴林珠，這個孩子有病，不管林珠以幼教老師的立場說明，還是以自身經驗來分享，媽媽都無法接受，仍舊採取慣用的方式教養著孩子。看著原生家庭對幼小孩童的影響，燃起了林珠想要從成人世界開始輔導的火種。

感受到婦女承受的壓力，以及對於家庭、孩子造成的影響，林珠毅然決然離開教職，開始到華明心理輔導中心任職，這份工作為林珠提供了一邊工作一邊學習的機會，不論是團體輔導、心理諮商，林珠認真的工作、認真的學習。在華明心理輔導中心，林珠非常感謝鄭玉英老師、任兆璋修女、林美智老師的教導，讓林珠獲益匪淺。

一年多後，正巧看到臺北市婦女會刊載的徵人啟事，為婦女服務的願望，驅使林珠去應試。也許是老天爺感受到林珠的熱切，很幸運的，在60多人競爭之中，林珠雀屏中選。為了讓自己在職場上能幫助更多人，林珠非常努力的學習。選修了空大的課程，社會心理學、心理衛生、家庭與婚姻諮商、兩性關係與性教育、生涯輔導、親職教育、家庭概論、團體輔導、婦女與健康、現代社會與婦女權益、青少年與輔導、甚至政治學、生死學等，除此之外，舉凡輔導中心舉辦的家庭重塑、自我成長以及有關演講、電影賞析等等，林珠都和先生一起參加。

婦女會的服務宗旨相當多元，包括改善婦女生活、發展親職教育、母性道德之培養、婦女權益、家庭糾紛之調處、婦女互助福利、協助市政宣導等事項，都是婦女會的服務目標。其中，在民國77年時，有感於當時社會傳統保守的風氣，有些不幸婦女如果發生家庭衝突與糾紛時，無處可去，於是婦女會便成立了「中途之家與緊急庇護中心」來幫助婦女，讓遭遇不幸的婦女能有個安全的棲身之地。林珠在這段時間，協助許多受暴婦女，重新回到人生軌道，每每這樣的時刻，林珠總是感覺到無比的喜悅。除此之外，婦女會也舉辦了「婦女學苑」成長學習的課程，內容廣泛，包含情緒管理、兩性溝通、家庭經營、理財之道、親子關係、人生哲學、生死兩無憾等等，聘請專業的學者專家，以專題演講及互動方式進行。林珠熱情圓融、廣結善緣的態度，使得後來在監獄舉辦的「高牆講座」，能夠得到這些講師的支持，豐富了矯正教化的內容。

婦女會的工作中，經常有家庭糾紛的夫妻、婆媳、親子會前往求助，每次看到案主，經由協調與溝通，大部分都能願意再嘗試各退一步、接受彼此，關係和態度都能緩和。這分成就感，就是林珠持續努力的動力。臺北市婦女會從民國35年成立迄今，已有72個年頭。林珠在歷任理事長的指導帶領下，婦女會的工作雖然不斷的往前推進，以因應時代的改變，不過仍然保有傳統的美德，這對林珠來說，是一個人生修行的好地方，心中充滿感激。

在迄今為止的每份工作中，林珠都是抱著初學者的心情，每天認真學習。幼教的工作，接觸到了許多親子關係，華明輔導中心的工作雖然短暫，卻累積了許多輔導的實務經驗。在婦女會的這份工作中，更是開拓了自己以前沒有的視野。在林珠的生命中，奶奶與母親的形象，深深植入自己的靈魂。女性的堅毅、勇敢、韌性，讓林珠相信，女性有無限的力量。不過也許是傳統三合院的氛圍使然，在最初進入婦女會工作時，林珠老師面對許多離婚的案主，心中的不以為然，總是默默的影響著林珠的觀感。林珠斬釘截鐵的認為，婚姻是女性最重要的功課，離婚的選擇，就是逃避了這項功課。不過，透過強烈的自省以及學習，林珠的心變得寬廣。現在的林珠相信，任何的境遇都是美好，都可以不斷的讓靈性提升。這是林珠獨有的特質，對於相信的事，絕不妥協，遇到挫折，徹底反省、徹底調整。也許在教室的林珠，從來就不是一個優秀的學生，不過，在人生的課堂上，林珠的學習，兢兢業業。

也許是累積的學術知識與實務經驗夠多了，在下一堂課的教室裡，迎接林珠的，是社會底層最不受重視的收容人。林珠自己應該也沒有想到，這堂課，從民國87年開始至今，還沒有學完。

受到時任士林看守所科長，現任臺中看守所所長的葉碧仁的邀請，林珠進入臺北看守所女所，開始帶領收容人舉辦讀書會。林珠的第一堂課，就不是那麼順利。在讀書會中的一個同學，一開口就以挑釁的口吻質問：「老師，妳有博士學位嗎？有多少本事和我們討論？妳有幫派經驗嗎？妳憑甚麼教化我們？」也許是林珠獨有的傻氣，這一開始的下馬威，並沒有讓林珠打退堂鼓，林珠還是秉持著真誠、熱情的態度，慢慢的開始這堂教化的課。

帶領讀書會的過程，有許多的挑戰。不配合的同學、刻意反叛的同學、唱反調的同學，這類的同學非常多，再加上監所的同學自信心缺乏，教育程度大多不高，所以不識字、不善言語、閱讀有障礙、無法靜心……的狀況也相當普遍。這種種的挑戰，對其他第一次擔當教誨志工的老師來說，應該都是離開的好理由，其實對林珠來說，何嘗不是呢？當時的林珠，有正職工作，有家庭經濟負擔，有年幼孩子要教養，以一個女性承擔的責任來說，已經相當辛苦了。不過，從這些挑戰中，林珠看到的不是困難，林珠看到的是機會。一個讓收容人有大幅成長的機會，一個真正讓自我實現的機會。於是，全心全意的投入、義無反顧的投入，是林珠的決定。

讀書會漸漸步上軌道，有許許多多的同學真誠的回饋，看到這樣的成果，林珠更加相信，收容人需要的是更多的資源。於是林珠開始向各界大量募書，並廣邀專家學者，讓社會的資源可以跨越高牆，讓收容人得到更多的關懷、支持與學習。林珠的付出遍及許多監所，達到許多豐碩的成果。她始終相信，良善的事，有很多人願意一起努力，對她來說，這些豐碩的成果，不論是以讀書會作為在矯正署進行績效報告為題的發表，還是遍及眾多監所的高牆講座，這都沒有什麼好居功。她認為，如果沒有矯正機關眾多主管、同仁的支持、沒有各界善心人士的投入，這些事都不可能成真。而自己只是打打電話、聯絡一下、做自己能力範圍內之事，就可以成就如此美好的事，何樂而不為。

成為教誨志工的第19個年頭，林珠遇到了最大的挫折。在讀書會中，因為求好心切再加上不諳臺語，脫口而出的一句「俗仔」，讓林珠受到收容人以「公然侮辱」提告。這份告訴，打擊的不是那一期的讀書會，也不是19年的志工身分，是從幼教工作時，在心中決定，想為成人世界做點什麼的初心。所以，這個傷害，相當深刻。因為這個告訴，林珠暫停了該所的當期讀書會，雖然十分傷心，但是勇氣驚人的她，不願意犧牲其他監所的收容人，所以停下來的，只有發生事件的那一間監所，其他監所的讀書會、講座，都如常進行。2、3個月過去，雖然告訴沒有進入司法體制、雖然提告的收容人，真誠的向林珠道歉、雖然事件發生的那間監所讀書會，在當期讀書會結束之後，立刻重新展開，但是埋在林珠心中的傷害，還是持續了一年多之久。除了對於志工服務的打擊，這件事還藏著一顆隱約的釘子，那是自小就害怕做錯，害怕被奶奶責罰的林珠，深怕自己做錯任何事的釘子，林珠花了一些力氣，想找出不再犯同樣錯誤的方法。

林珠不是一個喜歡原地踏步的人，有錯當需改正，不能逃避，在讀書會中對收容人的要求是這般，對自己更是，林珠總是告訴自己，要擔得起一聲「老師」，自己必須以身作則才行。只是這撕裂的傷痛，真的沒有那麼容易復原。不過，這個事件，倒讓林珠想起了另外一件事，那件事也是讓林珠遺憾無比。三合院的哥哥，自小便不善言語，總是在家讀著小說。林珠讀初中時，同學來三合院作客，見到了哥哥，對哥哥有好感，之後便成為了林珠的大嫂。婚後的哥哥，長時間居住在娘家，鮮少回到三合院，這件事讓父親非常憤怒。林珠當時的想法很單純，對的事就是要去做，就如同當時為姊姊作媒一樣，沒有想太多。於是，林珠去到了大嫂的娘家，向大嫂以及娘家的家人說起了道理，雖然語氣和緩，但是聽在同學耳裡，相當不悅。

父親離世之前，哥哥沒有再回到三合院，父親離世之後，哥哥也像斷了線的風箏，失去了音訊。事後，林珠懊悔不已，覺得不該如此強勢。相較於現在的傷痛，雖然截然不同，但是，林珠反省，每個人的生命都有其獨特的節奏，自己認為的對錯，有時候並不一定那麼的理所當然。愛與教導，固然是養分，不過時間的淬鍊、個人的造化，更是成長與否的重要因子。至此，林珠放下了，決定讓這個傷痛，成為自己人生的營養，決定以更輕柔的腳步，陪伴收容人、陪伴身邊所有的家人、朋友。

回首這22年的志工人生，林珠笑著說，同樣是教室，當學生的時候沒有這麼認真，當老師可是要命的認真啊！林珠從來不覺得自己做得好，對林珠來說，幼教老師與讀書會老師雖然都是老師，但是教誨志工需要有更多的傾聽、更多的同理、耐心，特別是平等心。林珠嚴肅地提醒著自己，志工服務關係到自己的修養與品德修行，雖然壓力不小，但是它會是自己一輩子的人生功課、一輩子的挑戰，雖然永遠不可能做到最好，但是怎麼也不想停下來，因為助人實在是太快樂了啊！林珠總是盼望，自己可以為人生留下一點什麼，雖然66年的歲月，一直這樣嚴格的要求著自己，但是，輔導經驗豐富的林珠，偶而也會安慰自己、跟自己撒撒嬌。還像個小女孩的林珠有時候會想像，如果有機會跟22年前，剛剛踏入矯正機關，擔當教誨志工的自己說上一句話，她想跟林珠說：「妳好棒！妳真的好棒！」那麼，過去的自己，會跟已經持續付出了22年的林珠說什麼呢？

「小女孩，妳真的做很多了，妳的人生不需要再多證明些什麼了。」說完之後，一定會是一個大大緊緊的擁抱。

中央日報 16版

愛書

# 打開鐵窗之鑰 化解暴戾之氣

## 林珠與女受刑人共同讀書 彼此互動、分享成果

傑思

↖進入獄中，和女受刑人一起分享讀書心得，林珠覺得收穫最多的還是自己。

從事婦女教育多年的林珠，目前擔任臺北市婦女會總幹事，在她推動婦女終身學習的同時，由於因緣際會，從今年二月開始接觸關懷女受刑人的讀書會，一向惜福、感恩的她表示，能夠與女受刑人一起讀書，「其實收穫最大的還是自己」。

曾經接受過洪建全基金會完整的讀書會領導訓練，再加上實際帶領東方媽媽讀書會的經驗，林珠對讀書會的帶領及啓發，其實早已駕輕就熟，此次之所以接受全然不同的經驗和挑戰，到監獄中和女受刑人一起討論、分享讀書內容，除了對婦女教育所懷有的使命感外，也希望站在關愛的角度，教導她們學習「如何愛自己，接納自己的一切，包括曾經犯下的錯誤」。

由於受刑人的程度不一，因此林珠先從小散文開始，與她們分享讀書心得，如此一來，即使不識字者，也可以藉由「聽」的方式參與讀書會，而不致於鴨子聽雷，喪失對讀書會的熱忱和興趣。根據林珠的觀察，經由受刑人彼此之間的分享與互動，她們[illegible]身上獲得更大的激勵和啓發，對心靈良性的成長幫助很大。

證嚴法師的「靜思語」，是林珠交給受刑人唸的第一本書，因爲這是一本相當生活化的書，林珠認爲，受刑人若能細細體會書中表達的生活智慧，活出書中的精神，那麼心靈的成長將可進一步提昇。

林珠說，女受刑人的年齡不一，犯的錯也不盡相同，唯一相同之處是她們都缺少愛，因此在讀書會討論進行時，林珠除了言語上的讚賞之外，更用肢體來傳達愛，同時鼓勵姐妹們彼此擁抱，讓她們感受到被愛。

在這樣溫馨氣氛的帶動下，整個讀書會是和諧、安詳、充滿愛的，不僅化解了監獄中的暴戾之氣，連硬生生的書本，頓時之間似乎也溫柔許多。

「知識便是力量」，林珠說，在讀書會的帶領下，經由學習、心靈淨化，女受刑人將獲得辨識是非、認清方向的機會，對個人及社會而言，不啻是一項福音。

▶ 中央日報採訪報導

# 第四章

# 教誨志工的那些日子

# 伯樂與千里馬

臺中看守所所長 葉碧仁 v.s. 林珠老師

民國87年，士林看守所要搬遷至土城，原本在女所帶領讀書會的一位老師，無法前往土城服務，故而介紹了當時在婦女會工作的林珠老師，給時任士林看守所科長，現任臺中看守所所長的葉碧仁，引薦林珠老師進入臺北看守所女所，帶領受刑同學舉辦讀書會。

兩人當時互不認識，林珠老師其實也不甚確定，自己要服務的確切內容，只是接到葉所長的一通電話，簡短的自我介紹，簡短的邀請，說要邀請林珠老師帶讀書會。帶讀書會？其實林珠老師那時候才剛剛學會帶領讀書會的方式與技巧，但是雞婆如林珠老師，有自己可以付出的，雖然搞不清楚，還是充滿熱忱的前往，先去再說，能做什麼再來研究。兩人的見面在監所，這個碰面和最初那通電話一樣，簡單精短。對葉所長來說，畢竟當時願意以志工身分，進到矯正機關帶領讀書會的老師，實在太過欠缺，所以葉所長心想，為了受刑同學，先補上人力再說，後續的發展再來慢慢觀察，反正，女老師帶女受刑人，應該不會有大問題。所以，這兩個人最初的合作，用「急就章」來形容，其實不誇張。只是兩個人的起心，都是為了受刑同學的教化，也許是這樣的動機單純良善，所以即使起頭不甚壯麗，後面也衍生出美善篇章。

讀書會在當時士林看守所女所的運作，已經行之有年，名為「養心讀書會」。事實上，照著前輩的方式，依著所方的規章去執行，應該出不了大問題，可以被安心的稱作一聲「老師」，然後繼續服務下去。不過，林珠老師一旦被放在一個位置上，就是要以極大值當作自己執行的標準。從以前的幼教老師是這般、領導夫婦是這般、妻子是這般、母親是這般，讀書會帶領者自然也一定要是。一顆小石頭落入水中，激起小小的水花，一顆大石塊用力的擲入水中，產生的漣漪，久久不停歇。所以，當林珠老師開始投入教誨志工這個身分之後，效應就如同漣漪般展開。

一開始，葉碧仁所長只是在林珠老師帶讀書會的時候，偶而去看看、去聽聽，果不其然，林珠老師就如同第一眼的印象一樣，真實、率真的領著每一堂讀書會的節奏，想來也是運氣好，請到了一位不錯的教誨老師。想不到的是，當葉所長開始閱讀同學的閱讀心得、課堂心得，一封一封真摯感動的醒悟與決心，躍於紙上時，葉所長的驚訝還沒來得及傳達出來，林珠老師已經跨出下一波的行動。

林珠老師感受到同學的投入，認為大量閱讀勵志，以及各類對身心健康的書籍，對於同學有實質上的明顯幫助，但是礙於單位經費有限之故，無法大量購置相關書籍，於是她便展開了募書活動。舉凡善心、熱心的人士或團體，林珠老師總是勇敢募款購書，並為了表示對於善心人士、團體的感謝，辦理捐贈感謝活動。從「伯仲文教基金會」捐贈二百本書籍開始，陸續有許多公益團體的加入。例如：新莊中央扶輪社、臺北市建成社區發展協會何素青理事長、臺北市婦女會陳淑珠理事長、臺北市醫師公會婦女會、臺北遠東獅子會、顧氏文教基金會何美頤董事長、婦女學苑、慈濟人文志業中心、許詠絮小姐等，包括林珠老師自己也投入捐書的行列。不用多久，因為豐富的書籍，讓讀書會熱絡開展。而每期每期，一篇一篇同學的心得文章，一字一句林珠老師的回饋文字，集結成冊，形成洋洋灑灑的成果發表。

一期讀書會的所有文字篇章，集結成一冊心得總集，旁邊陳列著各式各樣，募款而來的心靈書籍、成長書籍。幾年下來，不僅成果豐碩，口碑載道，矯正署的上位者來視察時，對於這樣的成果也是驚喜不已、讚譽有加。當時，士林看守所所長黃昭正先生，也曾經以林珠老師帶領的養心讀書會達成的成果，回到矯正署進行績效報告，得到許多正面的鼓舞。

不過，林珠老師顯然覺得，自己做得還不夠，於是，開始集結了自己在婦女會的資源，試圖給資源不足的受刑同學更多的重視與鼓勵。林珠老師開始舉辦一系列的心靈成長、生命教育講座，名為「高牆講座——高牆裡的心希望」。在系列講座中，邀請了許多社會知名人士擔任講師，例如：口足畫家謝坤山先生、活著真好輪椅巨人祁六新、現代通靈者蔡佾姬老師、知名占星專家王中和老師、臺大哲學系主任傅佩榮老師、漸凍人陳宏老師以及夫人劉學慧女士、混障綜藝團劉銘老師、建中陳美儒老師、國際知名演說家吳娟瑜老師、鬍鬚張董事長張永昌先生、佛光大學生命教育研究所所長宋光宇博士、作家游乾桂老師、生命希望改造工程師景麗凌老師、國際唇（口哨）音樂家李育倫老師、靈療大師朱慧慈老師、方識欽醫師、林源泉醫師、聶眾檢察官、王清峰女士、馬素華教授等等學者與企業界知名人士。

講座的進行，有時候是演講，有時候是座談會，其中，搭配讀書會中，有使用的閱讀書籍，邀請作者親臨演講，對於同學來說，就相當的具有影響力，例如當時轟動一時的乞丐囝仔賴東進先生，到士林看守所女所的演講，就讓許多同學感動落淚，同學也更加認真書寫心得回饋。這讓當時的葉科長，現在的葉所長至今都印象深刻。高牆講座從89年8月開始，首次在士林看守所女所舉辦，到108年仍持續在進行中。講座舉辦的監所，也從士林看守所女所，一路延伸到臺北看守所、臺北少年觀護所、基隆監獄、桃園女子監獄、新竹監獄及看守所、苗栗看守所、宜蘭監獄、臺中女子監獄、嘉義監獄，甚至遠至臺東泰源技訓所、綠島監獄等。

葉所長回憶，在當時，同學除了可以親自聽到讀書會中，閱讀的書籍作者分享，面對面的交流，收穫豐富之外，所長覺得更重要的是，林珠老師努力去醞釀、去實現，將社會的資源引進監所，讓這些平常覺得自己相當渺小的同學，倍感大家的重視。同學感受到社會中的成功企業體、富有名望的社會人士、學者、專家，願意支持著自己，原本以為自己似乎已經被社會遺忘、被家人遺忘的一群邊緣人，居然可以得到這麼多人的重視，這分肯定其實在受刑人的心裡深處，烙下了很深的印記。葉所長認為，每次的講座或是座談會中，雖然在臺上侃侃而談、接受掌聲的，是各界學者專家，不是林珠老師，但是對於林珠老師給予同學的呵護與關注，每一位參與讀書會的同學，都深深的有所感觸。在監所這麼多年，葉所長表示，很多的同學會選擇踩進法律的禁地，大部分都是因為不健全的家庭，無法完整的受教育，在社會中無法平衡自己的人生，不論是在身心靈的哪一個方面，皆不能以社會體制下的教育評量來做一般的看待。但是林珠老師對於同學的耐心、關懷，企圖給予同學最好的啟發所推展的諸多行動，這讓心中孤寂卑微的同學，都具體地得到改變的力量與前進的勇氣。而這個內在的精神力量，是矯正機關的公權力不容易做到，也正是林珠老師帶給受刑同學最難能可貴的事。

葉所長調動至臺北看守所時，林珠老師的讀書會與高牆講座，也同時隨同開始在臺北看守所舉辦。葉所長印象深刻的是，當時那幾年，組織犯罪入監者相當多，很多在監所外都是呼風喚雨的領袖人物，即使進到監所內，感覺自由受到限制，其實影響力仍不可小覷。所以在當時，所有的監所人員，都是戰戰兢兢，壓力相當沉重的在面對著每天的戒護工作。除了要預防聚眾發展、預防私下聯繫、預防組織吸收，也非常擔憂他們群起抵抗監所的管理，這樣的狀況不是不可能，極有可能發生，如果發生，那是非常嚴重的。然而，在讀書會進行了一段時間之後，葉所長發現，原本讓所有的所方人員提心吊膽的高度列管對象，狀態卻非常穩定，沒有滋生過多的事件，原本擔心的狀況沒有發生。這讓所有人員緊繃的心思，可以稍稍鬆一口氣，也開始正視小小讀書會帶來的影響。

這件事，一直到現在，葉所長聊到，都覺得相當神奇，為什麼說神奇呢？在當時，只要有舍房內的糾紛，林珠老師出面去教化、輔導，兩造間、群聚間的緊張火藥就會減緩。不只如此，認真去閱讀讀書會中，同學的心得報告，檢視同學與林珠老師之間，信件往返的內容，發現大多書寫的內容都是非常正面，雖然這樣的判斷不能當作唯一標準，因為同學也都清楚監所會進行心得與書信的檢視，光是檢視這些文字，無法肯定其中的真實性成分。但是，大部分的同學都願意每堂課每堂課的認真書寫，即使某些同學隔離至獨居房，也還是規律的、自發性的、沒有間斷的書寫，且字跡工整、內容懇切。這樣長時間的穩定現象，讓人感到相當不可思議。通常男所的反社會性情緒，是比女所高出許多，所以這樣的事實，著實令人驚訝。

還有一件事，也讓所長津津樂道。這些高度列管的對象，進入監所已經是家常便飯，出入頻繁，但是，參加讀書會之後、移監之後，卻沒有再聽過他們犯事或是再次回籠，這並不是誇大其辭，並不是在讚頌說，參加完讀書會，就成為社會棟梁、頂天梁柱。只是，身為矯正機關的一員，受刑同學出所後，是否會再次跨越法律的界線，再次入監，絕對是矯正機關在教化這個領域，能否達到功能、是否成功的判斷標準。足見，林珠老師的陪伴、讀書會以及所有相關系列活動的舉辦，對這些同學來說，絕對是一股正面且不可抹滅的力量。

雖然，葉所長始終不得而知，為什麼這些所謂的「大哥」，對於林珠老師的教導與引領，這麼聽從，如此順服。但是，在他眼中，他親自看到、真實感受到的，是林珠老師敞開心胸的真誠胸懷。對於每一位同學，林珠老師沒有偏頗、沒有色彩、沒有批評、沒有裁判、沒有比較、沒有一定要達成什麼成果才叫做成功，林珠老師甚至不會去過問同學的犯行，也許是這樣簡單的思維，林珠老師眼中的同學沒有優劣，不是罪犯。在這麼多年的合作之下，葉所長回憶，林珠老師每個星期去監所帶讀書會，不論是讀書會之前，還是讀書會之後，都鮮少去找他。兩個人共同歷經了多所監所的服務，但是一起吃頓飯的次數，似乎只有少少的一、兩次。葉所長覺得，林珠老師只有純粹兩個字可以形容，她的目的很純粹，就是想把讀書會帶好，就是純粹把每一個同學，都當作是白紙看待。所以，數十年來，專注的只想把這件事做好，如此的心無旁鶩。

「把同學當作白紙」，是葉所長對於自己和對於矯正機關同仁們的期許，但是這件事談何容易？我們太容易有偏見，太容易先入為主，太容易用自己的狹隘觀點，去批判他人。法律也許判得了人類的行為，但是絕對判不了人類心中的良善。葉所長常常跟同仁勉勵：「如果你覺得裡面的這些人十惡不赦，無可救藥了，那你可能不適合這份工作，現在可以離開這個工作。」這句話說得語重心長，但是實際執行上，和人類的偏見一樣，談何容易？葉所長認為，林珠老師為監所引進的諸多資源與自身投注的精力，除了讓監所的教化內容，更加活潑、更加豐富之外，也讓矯正同仁親眼見證受刑人的改變，親身共享「教化」功能發揮的廣大效益，這是最讓葉所長感謝的。

通常受刑人入監之後，如果只以公權力、權威的面向進行管理、執行戒護，實際上，受刑人循規蹈矩、心甘情願的比例真的不高。而教誨志工的角色，則完全可以補足公權力無法做到的事。「教化」需要長時間的累積，需要有技巧地引導、有耐心的管理，恩威並用。林珠老師除了擁有諮商的專業之外，最難能可貴的是，她在帶領讀書會也好，或是個人教化也好，她放下了所有的權威，和受刑人打成一片，真真正正地把同學當作自己的朋友、晚輩、家人。看到林珠老師以及許多的教誨志工，這麼多年不求回報，真誠的對每一位同學付出，真心的相信每一位同學可以改變，透過時間的累積，見證到許多同學的改變，讓監所同仁都同步的感受到這股力量的美好。另外，對於死刑犯的陪伴，是監所的教化重點，卻也是讓監所相當頭痛的。依據人類的心理，在自知自己時日無多時，也許在健全狀態下的當事者，可以健康地看待自己的生命即將終結的事實。但是對於法律定讞的生命終結，很多的當事者，會以不顧一切、自暴自棄，作為最後那段歲月的行為依歸。這對於監所的管理體系，是很大的挑戰。林珠老師與許多的教誨志工，對於死刑犯的陪伴與付出，讓當事者在面對最後一段人生時，能夠以平靜、懺悔的心理狀態來度過，這是非常不容易的，很值得感謝的。

曾經，「教誨志工」，是麻煩的代名詞。因為，你不知道教誨志工會不會捅出什麼婁子、添什麼亂，在人力吃緊的狀況下，不知道要調派多少人力來支援，不知道這些教誨志工，會不會跟同學有什麼私底下的往來、傳遞訊息，要擔心警戒的太多，會增加工作負荷的機會太多，不要來，最省事。但是，透過這些年，在林珠老師拼命的、積極的、不放棄的努力下，「教誨志工」這個身分，得到了證明。「教誨志工」涵蓋很多面向，宗教的、心靈成長的、生命領悟的、技職技藝的，不論是哪一個領域的專業人士，從受刑人的文字回饋來看也好，從出所之後的低回籠率來看也好，都讓教化的效益，實實在在的彰顯，不只讓受刑人切切實實的改變，也讓監所的管理更加順暢，更提高了監所同仁對於自身工作的使命感，感覺上，效益侷限在高牆內，實際上，對於國家、社會成本、整體社會平衡發展的貢獻，卻是怎麼看，都是划算且無價的成果。

葉所長嚴肅地談到，教誨志工也好，讀書會老師也好，必須要具備兩個很重要的特質。一個是志工身上，必須要有值得同學學習的特質，也就是以身作則、身教的重要。一個是志工必須真心相信，同學是可以改變的，透過長時間的學習，改變就一定可以發生，並且志工本身必須要放下權威，與同學教學相長。而葉所長認為，林珠老師這20幾年來的付出，20幾年來結出的豐碩果實，已經可以證實林珠老師所具備的，遠遠超過這兩個特質。事實上，林珠老師帶來的影響，不僅僅是對於受刑同學，甚至是對於矯正同仁的鼓舞，乃至於增進了矯正機關對於「教誨志工」的重視，這許許多多量表無法計算的深遠影響，著實值得令人深思、令人敬佩。

⋮

## 葉碧仁所長對林珠老師說的真心話

祝福林珠老師！

您在民國87年進到矯正機關，為我們注入了一股活水，豐富了教化這個領域，開創了一片新的風貌。這20年來，非常的感謝您的付出，也希望您再繼續為矯正機關奉獻20年，對我們來說，您是一股清流、是一股強大的穩定力量，我們真的很需要您，再次深深的感謝您。

中華民國八十八年九月十九日 星期日

聯合報

## 士林看守所女受刑人

# 讀書會洗心靈

本報記者牛慶福／台灣士林看守所的圍牆高聳，但關不住女受刑人求知的心，他們用心享用每周一次的讀書會時間，與其他受刑人充分交流，以前疏忽的精神糧食，今天成為可以咀嚼的字字珠璣，藉以反省譬如昨日死的過去。受刑人「麗蘭」噙著淚說，回去後要在晚飯時間好好與媽媽聊天。

受刑人讀書會導讀人是台北市婦女會總幹事林珠，她以義工身份每周一次到看守所帶給受刑人傾聽自己心靈的時間，一年多來以包容、關懷與親和力與受刑人之間建立了互信的關係，大家稱她為「老師」。讀書會變成一種團體輔導活動，例如「麗蘭」在讀書會中勇於說出過去自己對家人的漠視，今天才發現在自己最困難的時候，只有家人依舊願意幫助她與接納她，讓她有醍醐灌頂般的領悟，變得非常珍惜自己的親情。

「麗蘭」在進入看守前是一名熱中於工作的職業婦女，雖然與媽媽住在一起，但很少與她說上兩句話，如果有話說八九不離十都是一些不滿的話，也經常挑剔媽媽料理的晚餐，母女間關係日漸疏離，經常幾天不說話，直到麗蘭入獄後，外面的朋友一哄而散，人人視她如毒蛇猛獸，避之唯恐不及，此時只有媽媽到受守所探望她，母女相見依舊沒有什麼話說，但「麗蘭」強烈的感受到了親情的溫馨，她在讀書會中說，她現在很擔心再不與媽媽好好談談，以後就沒有機會了。

林珠說，來到看守所固然是人生的挫敗，但如果能利用這裡與世隔絕的生活環境潛心反省，探索，不無可能找到重新出發的動力，例如不少人在日常生活中非常容易傷害與自己最親近的人，透過讀書會的討論，大家才找到自己習焉不察的缺失。

讀書會最近在閱讀一本名為「活出生命能量」的書，有人很用功，一周就看完了，有人只看了數章，另有人可能根本沒有看，但在會中依舊可以分享別人的心得，不少受刑人因為感情問題帶來的紛爭而身繫囹圄，因此討論到男女之間的感情問題時，大家都有說不完的感觸，最後大家的結論是該放掉的時候就應放掉，不必執著不著邊際的感情。

林珠扮演穿針引線的角色，讀書會採開放式溝通，任何人可就書中某部分帶大家念一段再提出來討論，例如有人對「容許男人掉眼淚」這一章非常感興趣，大家七嘴八舌的發表高論，有人說，男人其實比女人脆弱，不讓他們哭太殘忍了，但也有人觀念較保守表示，男人哭有點難看，最好到不會被別人看到的地方哭。

林珠也與大家分享她先生公然哭了一場的經驗，她先生哭了以後對林珠說，哭的感覺很好，心情輕鬆許多，林珠也因這次先生的落淚了解先生對她的感情，兩人變得更為恩愛，如今夫妻常應邀舉辦婚姻加油站的輔導活動，為其他夫妻服務。

有的受刑人學養豐富，能與林珠談論一些深刻的價值觀問題，但林珠盡可能不提供標準答案，而是讓受刑人藉機發揮與反省，但也有少數不識字的受刑人參加讀書會，大都在會中跟著大家念，然後多聽少說，其中一名年紀稍大，她以台語表示，參加讀書會非常愉快，也讓她學了不少字，一年下來可以閱讀一些簡單的書報。林珠在交流中要仔細聽出受刑人的言外之意與心聲，適時提供協助。

受刑人讀書會會員常會私底下要求與林珠一對一的談話，會員間也建立了很好的感情，常互相以都是天涯淪落人自居，但鼓勵未來在光明的歡喜地見面，有人出獄後會去找林珠談談。少數人較內向，在讀書會中很少說話，但下筆千言，寫了不少心得報告，每個人都要寫，一年多來寫了許多，林珠都細心收集起來裝訂成冊，對受刑人的成長滿心歡喜，覺得自己的付出非常有意義。

「當有一巨大石頭擋在路上，應想辦法搬開，不要放棄與原地跑步，更不要妄想石頭會憑空消失。」「過去就算了，要去除情緒的牢籠，走上人生另一個起點。」「以後要盡量做個好媽媽、好太太。」「我何其幸運能在看守所閱讀一些書，認識關心我的林珠。」由這些心得報告了解受刑人的成長與快樂。

每一次讀書會結束時，林珠會與每名參加者以擁抱道別，最近有一名女學生要離開了，林珠抱著她說，祝早日重新穿上漂亮的學生制服，結交好朋友，不要再做傷害自己與別人的事，天天展露笑臉。女學生聽了泫然淚下，她因為吸毒入獄，因為參加讀書會可能洗心革面。

▲台灣士林看守所女受刑人讀書會成為淨化心靈與自我成長的園地。記者牛慶福／攝影

▲每次讀書會結束，導讀人林珠（右）擁抱會員，加強心靈的交流。記者牛慶福／攝影

▶ 聯合報採訪報導

# 價值無限

矯正署前副署長 詹哲峰 V.S. 林珠老師

矯正署前副署長詹哲峰，與林珠老師的因緣始於林珠老師到監所服務的第一年。「好事！」是詹副座對於林珠老師本人，以及對於林珠老師在矯正機關服務了22年，下的唯一註解。詹副座說，矯正機關一直以來都是屬於資源較少的單位，能夠有這麼熱心的志工老師參與，一參與就是22年，怎麼說都是一件好事！

事實上，詹副座也不是一開始，就給予林珠老師這麼高的評價。在最初開始合作的士林看守所，詹副座常常在林珠老師上課的時候，微服出巡，觀察這個老師上課的狀態。觀察的過程中，發現林珠老師對待同學自然又熱情，沒有任何矯情做作的姿態，課堂中準備的內容也相當豐富。通常同學在讀書會之後的反應，都是非常直接、非常快速的，喜歡不喜歡完全沒有保留。而在林珠老師帶領的讀書會中，同學對林珠老師的回饋，不論是以直接或是間接的方式，同學的回饋都相當正面，反映出這位老師很真誠、很認真。同學也特別提出，林珠老師在與他們相處的時候，很有愛心、很願意傾聽。詹副座透過了一段時間的親自觀察，再加上同學實際上的表現以及回饋，詹副座確認了這位漂亮的女老師，在個性與動機上的適當性。於是當詹哲峰副座從士林看守所，調任至臺北看守所之後，便邀請林珠老師去臺北看守所女所舉辦讀書會。之後，臺北看守所女所，併入臺北女子看守所後，林珠老師帶的讀書會便一直不間斷的持續到現在。

詹副座認為，矯正機關的主管最重要的是，就是「管理」。而管理就是理解，理解受刑人、理解同仁，當然也要理解教誨志工。這麼多年了，看過很多不同領域的志工老師，也是有一些教誨志工老師，每堂課來哈拉打屁，隨隨便便就一堂課。再加上，人與人的關係，絕對可以透過互動，透露出一些端倪，透過自己長時間的觀察，詹副座發現，在林珠老師的課堂上，當同學看到老師準備要踏進教室時，都會開心的說：「老師來了！老師來了！」詹副座想，如果一個教誨志工，可以做到讓同學，每週期待老師來上課，那就成功了。此外，讓詹副座津津樂道的一件事，就是在和林珠老師共同合作的幾年間，受刑人的違規事件，明顯減少，雖說監所的志工老師，沒有辦法拿到同學的成績單，自己的付出無法得到評價，但是，這具體的進展，斬釘截鐵的事實，若以矯正機關戒護的效益這個面向來談，詹副座認為，毋庸置疑的，絕對能夠評價一名成功的教誨志工，所付出的實質價值。

矯正機關本身在「教誨」以及「輔導」這方面的編制，不論是人員還是其他相關的資源都不足，一個教誨師要面對的受刑人太多，本就無法妥善輔導，再加上庶務行政工作，實在分身乏術，相當辛苦。所以，教誨志工的加入，對於監所來說，如久旱甘霖。一個用心的教誨志工，專心的陪伴同學，達到的效果，往往比預想的好。對於戒護的壓力，也明顯減緩許多。所以，詹副座認為，「教誨志工」的存在，對於監所來說，真的是一件再好不過的事。

22年的付出，聽起來相當不可思議，但是無論如何驚奇，也一定必須從第一年開始。在林珠老師剛剛踏入教誨志工的半年，就遇到了詹副署長。也許是早就清楚教誨志工能夠達到的良好效益，當時詹副座調任到士林看守所任所長，對於教誨志工就相當重視，時常關心志工的需求，對於教誨志工遇到的困難，也會願意協助，甚至還親自主持讀書會的始業式。更重要的是，詹副座對於志工展現出來的尊重，那是會讓教誨志工打從心裡感覺這份服務，非常的有價值。

林珠老師是幸福的，在志工的第一年就遇到了重視志工的詹副座，讓林珠老師的人生價值得以在寬度與廣度上擴展。詹副座也是幸福的，在林珠老師持續22年志工生涯的起始，成為了為林珠老師注入了強心針，起了領頭作用的重要人物。

⋯

## 詹哲峰前副署長對林珠老師說的真心話

非常謝謝林珠老師這麼多年在監所的付出，除了對於同學的教導與陪伴，對於矯正機關同仁的幫助，更是相當的大。林珠老師是一個非常熱心的人，以臺灣話來說，就是雞婆個性，所以，受老師幫助的人，實在是不計其數。監所的資源真的很少，林珠老師除了親自投入，也引進許多資源，真的非常感謝。

**筆者側寫**

1. 採訪的過程中，林珠老師一直很專注地，聽著詹哲峰前副署長說的任何一句話，只要詹副座提出了讚賞，林珠老師就會相當不好意思地低頭、搖頭、微笑。從這樣的過程中，感覺得出來，林珠老師對於詹副座給予的評價相當重視，也透露出林珠老師這麼多年了，仍舊不斷期盼從旁人的建議中，得到改進的方向。

2. 詹副署長不論是談到林珠老師的付出、還是同學的成長，亦或是對於矯正同仁的協助，都是泰然自若，好像從林珠老師雞婆的個性來看，他早就知道這一切的發展皆是必然。

# 惺惺相惜

矯正署醫療組科長 沈淑慧 v.s. 林珠老師

第一個新鮮。

現任矯正署醫療組沈淑慧科長，於民國*88*年*11*月時，剛調至士林看守所女所擔任主管職，在當時，林珠老師在士林看守所女所帶領的讀書會，約莫進行了一年多的時間。沈科長對於林珠老師帶領讀書會的最初印象，深刻難忘。印象中，林珠老師是一個笑容燦爛，卻帶有些微霸氣的女老師，與一般既定印象中的輔導老師，溫柔傾聽、優雅婉約的形象截然不同。這個老師雖然穿著的色調相當女性化，但是聲如洪鐘、中氣十足，舉措間豪邁乾脆，有大將風範。上課的時候，也和輔導老師，總是安靜傾聽、頻頻點頭認同凝視、充滿情懷的眼神，這般的表達方式不同。這位林珠老師在課程中的言談，總是充滿力量，分析的觀點對錯分明，沒有模糊的空間。對於沈科長來說，這倒是個新鮮。

沈科長記得，她剛剛開始與林珠老師合作的時候，有許多同學無法接受林珠老師如此獨特的風格，認為不論是心理輔導老師也好，或是教誨老師也好，應該要對大家很溫柔，對大家和藹可親，鼓勵多於教誨，怎麼這個老師，常常很嚴厲地指出她們的偏差以及謬誤，一點都沒有感覺有被支持或是同理，也不覺得在這樣的課堂中有得到溫暖，覺得在這個嚴厲的老師教導下，根本不會有什麼收穫，甚至覺得這個老師不適合帶領著大家。於是透過不同的方式，紛紛向沈科長反應，表達不願意再參與讀書會的意願。

沈科長表示，在監所的同學，大部分心理與精神狀態，和一般人不同，女性又較男性更為纖細、更為敏感，再加上反社會的心理狀態，就算是專業的心理諮商師、或是社工師，都很難得到監所同學的信任，所以想要跨入輔導的層次，就更加困難。同學不願意參與讀書會、不願意跟林珠老師合作的反應，也屬於常態，並不是太讓她驚訝。不過，站在教化的目的，沈科長當然要對於同學反抗的情緒給予開導，並繼續積極的鼓勵。同一時間，也將受刑同學的反應，婉轉地轉達，讓林珠老師知道。

以常理判斷，來監所帶讀書會，是志工，說白了，就是沒有錢拿。沒有薪資，要不要備課呢？觀察起來，這位林珠老師，常常是準備得相當充分，簡報啊！書籍摘要啊！很多很多的資料，顯示著林珠老師的用心。不過，來監所教化受刑人這件事，不會像學校的老師，受同學尊敬、受家長尊敬。監所的教誨志工，是不太受受刑人尊敬的，受刑人在監所的一切行動，皆屬於被動型態，教誨志工能不能被受刑人理睬都很難說，更何況是尊敬。對於這個真實，志工老師們心中多多少少也有點心理準備，但是如果是不受尊敬之外，還要被嫌棄，這就需要慎重考慮了吧！幹嘛來做這種吃力不討好的事！因為有著這樣的顧慮，所以沈科長在轉達的時候，自然小心謹慎。

志工老師願意每週抽時間、花精神來付出，要好好呵護、好好珍惜啊！畢竟願意做這些傻事的老師已經不多。這件事到底有多傻？這樣說明好了，就算老師充滿熱忱、十分願意，不計較地位與否，不過，若說想要從付出的過程中，得到一點助人的成就感，這是人之常情吧！但是，與受刑人相處，真的無法與外面的教育體系相比擬，在監所的付出與收穫，無法放在天平上量秤，因為沒有考試成績，可以讓老師得到上課後的評比，付出的成效，在短時間內，也無法在實際的表象上得到答案，所以根本不容易有成就感可言，長久以往，最初想要付出的熱忱就會被削減。這是教誨志工，在監所服務，最難跨越的一件事。而對於矯正機關主管來說，困難的又是什麼呢？就算這位教誨志工秉持著，只管付出，不論收穫的情操，志工老師願意積極持續的參與，但是再怎麼說，這些是受刑人，站在監所的戒護立場，有些律法尺度，也還是需要非常小心，老師如果初心不正確，無法配合戒護立場，與受刑人裡應外合，進行某些不法的行為，那也是相當危險。所以，志工老師的徵選，老師與受刑人關係的拿捏，是一門牽扯甚廣，需要仔細斟酌的學問。這些正是矯正機關的主管，必須面對的深度課題。

第二個新鮮。

正是因為上述的複雜考量，沈科長感謝林珠老師的付出，並婉轉地說明了同學的反應。原本擔心傷了林珠老師的熱忱，滅了老師心中的火，孰料林珠老師只顧著要沈科長，說明得再清楚再明白一點，好讓自己得以調整、修正。疑？再以常理來判斷一下，通常志工老師聽到同學的這些反應，「辯駁」會是基本的反應。那個同學怎樣、這個同學怎樣的，一切跟自己無關，我是老師誒！還需要人來教？！通常這是基本的情緒吧！修為高一點的志工老師，頂多就是聽完之後，平靜的表達出，已經明白了，之後帶課的過程，會注意不去碰觸同學虛弱不健全的面向。至於，在後續的課程中，能不能公平客觀地面對不愛戴自己的同學，能不能不利用自己老師的身分，去壓制同學，那又是後話了。

新鮮的來了，林珠老師在聽完了沈科長描述的同學反應之後，只顧著要沈科長不要保留的，都說與她聽。林珠老師想知道同學最真實的話語，想藉由這些話語，拉近與同學之間的距離，想藉由這些真實的回饋，來檢討自己的帶領，想透過這些現在進行式，來實踐自己想要陪伴同學，學習面對甘苦人生的未來式。如果，因為言語的表達方式，從一開始就被抗拒了，那麼，心中無瑕的那個動機，怎麼有機會實現呢？所以，要改什麼、要檢討什麼、反省什麼，那無關個人的榮辱。如果能夠藉由自己做點什麼，來讓同學有一個機會，發現自己生命的美好，有一個機會，讓同學創造自己心中的理想人生，哪怕這個機會不大，只有一點點也好，這，才是重要的。林珠老師穩穩地站在這個意念的基石上。

這第二個新鮮，讓沈科長更加認識了這位，說話不太溫柔還帶點霸氣，舉措豪邁乾脆的林珠老師。沈科長明白，林珠老師用力說話的背後，是真心希望同學能夠幸福，嚴厲教導的緣由，是要教會同學在下一個關鍵時刻，能夠做出艱難，但是正確的選擇。沈科長還對於一件事印象深刻，那就是每次在讀書會的最後，林珠老師總是會站起身，給每一個同學大大的、深深的擁抱。這個擁抱蘊含著無限的包容與支持，更重要的是強大的愛。看過很多次，林珠老師擁抱同學時，同學落下感動也好、傷心也好的眼淚，林珠老師更是不保留的，陪著同學一起哭、一起感動、一起傷心。沈科長知道，這位志工老師，不是來敷衍了事、做做表面功夫的，這位教誨志工，是用了全心全意在服務。沈科長確定，這位大聲說話、動作大咧咧、個性直來直往、又十分急性子的林珠老師，靈魂深處，蘊藏著一顆細緻柔軟、無比慈愛的心。自此開始，沈科長與林珠老師，展開了更加豐富多元的教化之旅。

沈科長說，當時的士林看守所女所，在矯正機關中，是一個很小的單位，連一臺電腦都沒有。沈科長與林珠老師，兩個有著同樣目的的職業女性，一起討論著，還可以做哪些事，讓教化這件事更加充滿色彩。就像是兩個國中女生，為了吃到好吃的餅乾，一起找資料、一起研究、一起製作，烤出來的餅乾不論好吃與否，都因為有著一位共同分享的夥伴，而滿心的喜悅。兩位充滿著赤子之心的女孩，開始在這件資源稀少、不被看好的事情上，下足了功夫。

林珠老師認真地帶著讀書會，督促著同學成長，持續的給予善知識與情感上的支援。林珠老師始終相信，像讀書會這樣的課程，其中最基本的讀書，讓同學有吸收不同人生經驗、學習不同領域常識的機會，這的確很重要。不過，如果盼望同學因為讀書而突然頓悟，人生翻轉，這樣實在有點過於理想化、過於空泛。實際上，在讀書會中，有一個更富有深度的目的，必須透過半強迫性質的行動來完成。同學每週要跟與自己擁有截然不同的人生背景與成長經驗的人相處，透過每堂課不同的書籍內容，進行議題討論、自我表達。與以往不同交際圈的人做人際互動，在互動中，表達、傾聽、討論，高頻率的進行練習。在這個長時間的讀書會過程中，為同學創造舞臺，學習自我認同、認同他人，學習如何建立健康的人際關係，為將來出所的人際互動做準備。這個富有深度的目的，對同學來說，更是一種相當重要的學習。

讀書會就如同實驗室中的培養皿，給予實驗對象足夠的變數，必能成就出異同不一的結果，而這個結果沒有好壞優劣之分。在讀書會的環境中，由林珠老師的穿針引線，同學透過讀書以及人際互動的學習，漸漸的，長久以來既定觀念的慢慢調整，如此，同學的人生便可大大的改變。所以，如果說讀書會，是藉由讀書來學習書本的知識，是藉由林珠老師來「教」同學什麼，倒不如說是，林珠老師運用讀書會中的團體力量，包括：互動、分享，來進行觀念上的調整，來進行剖析、導正、心理輔導、諮商，如此形容讀書會真正的具體功能，是更為貼切的。沈科長的印象中，在女監有一位受刑人，連字都不認得，但是在林珠老師不斷不斷的鼓勵下，她開始用聽的、用說的，參與讀書、參與分享，最終在心靈上也有了明顯的成長。

沈科長看到了讀書會的具體成果，所以為了讓讀書會的後續效應繼續延伸擴大，沈科長和林珠老師討論，開始在每三個月一期的讀書會尾聲，舉辦一個成果發表會。這個成果發表會從一開始的企劃，就不打算是虛應故事。於是，從布置、點心配置、發表會流程、書籍陳列與讀書會相關資料的裝訂，就都是以公關公司安排產品發表會、電影發表會的形式來進行。雖然硬體設施完全無法相比，但是重視的程度，或是期望注入的心力，就是如此。裝訂的讀書會資料，為了有設計精良的封面，沈科長申請了士林所女所的第一臺電腦，林珠老師也邀請讀書會中，使用的書籍作者共同參加。不僅如此，發表會的準備過程，都讓同學跟著監所同仁學習，有親自參與規畫布置的機會。同學在參與的過程中，充滿使命感，看到一冊一冊裝訂精美的讀書會集錦，也領悟到在時間的累積下，可以成就的事。三個月一期的讀書會、三個月一次的成果發表會，就這樣持續了八年之久。這個長時間的培養皿，改變了許許多多的同學。而成果發表會的亮麗呈現，也讓當時在矯正機關中屬於小單位的士林看守所女所，交出了一張漂亮的成績單。時任所長的黃昭正先生，也曾經以讀書會以及發表會的成績，到法務部做部會的績效報告。這是這兩位充滿熱忱的女孩，現在談起來，都還相當開心的事。

後來，讀書會中的內容，越來越豐富。監所中原本就有的自營作業體系，開始與讀書會結合，沈科長與林珠老師將自營作業中的書法、繪畫、裱框，帶入讀書會中，不僅僅是讓同學有自主的學習，透過更多元、更複雜的人際互動，來加深讀書會中調整的觀念與想法，進而啟發同學、培養自信心。沈科長覺得，監所內的教化機制，是受刑人有一天出所，重新踏出去開始社會化的基礎。如果提供給同學的面向越多，同學在監所內的小社會中，練習的機會就越多。然而，矯正機關能夠提供的資源在實際運作上，仍然是非常有限的，但是林珠老師不斷不斷的將外在資源引進監所，只要是對同學好的，林珠老師總是義無反顧的去募款、去邀約，舉辦演講、座談會、募書、募集運動器材、書法用具等等。不僅僅是這樣，沈科長在旁邊觀察，其實有些活動，對於林珠老師來說，也是相當陌生需要重新學習的，但是林珠老師低著身軀，擠在同學中間，一起學習、一起努力、一起成長的姿態，常常讓沈科長異常感動。如果站在教室外面看的沈科長都可以這樣感動，那麼對於同學來說，從林珠老師身上，得到的滿滿認同與力量，就更不用多說。因為林珠老師總是和大家站在一起，陪伴著大家。

有許多在參與讀書會的初始階段，非常反對林珠老師帶領的同學，經過了無法反駁、無所求的陪伴與引導，最終，卻都是收穫最多的。甚至出所之後，沒有林珠老師的陪伴，自己必須要面對許多人生考驗，與種種困難選擇時，總是會跟林珠老師回報、尋求老師的建議，讓林珠老師相當寬慰，這樣真摯的師生情誼不可勝數。

第三個新鮮。

這麼多年來，沈科長清楚的看到，一個教誨志工對於監所的付出，在長時間陪伴受刑人之下，影響受刑人的生命與周遭連結的環境，是如此的深遠。

通常人的改變不可能一朝一夕，受刑的同學是，監所的同仁何嘗不是。人，一旦進入社會，最重要的人際關係圈，就會從原生家庭、同儕，轉而變成職場人際圈、自組家庭關係圈。在 *2018* 年，由《*Cheers* 快樂工作人雜誌》所做的民調顯示，在各種人際關係中，超過三成受訪者，最滿意的人際關係圈，是在家庭中，讓人驚訝的是，只有一成的受訪者，滿意目前的職場人際關係。若是從最不滿意的面向來調查，職場關係則是直接名列第一（註1）。足見，不管是什麼職業，與同事之間的人際相處，是最讓人苦惱的。同事之間，能不能成為摯友，這完全要碰運氣。而職場中，工作目標與工作節奏，有沒有辦法達成一致，這件事影響到的，是職業領域在社會中的功能，能不能被徹底發揮，或是職場人員在工作中，有沒有成就感、能不能投注更多創意、熱情的關鍵條件。如果這個部分能夠達到某種標準，同事之間，才有機會成為共同打拼的摯友，而不是互相踩踏的競爭對手。不可諱言的，在臺灣長時間陳舊的觀念之下，「公職」是生活保障與穩定的代名詞。在矯正機關工作的職員任職公職，那麼到底有多少人，明白這份工作的使命與影響力，到底有多少人，帶著服務與付出的心，到底有多少人相信，只要少一點點的裁判、多一點點的同理，矯正機關戒護的壓力可以轉化為教化的長遠效果，對於受刑人本身、受刑人的家庭、整體社會運作成本，都是無法量化的受益。

改變，是困難的，對受刑人是，對監所同仁也是。林珠老師自始至終，充滿豐沛的熱情與活力、劍及履及的行動力，為監所的同仁，帶來了一股浪潮般推進的力量。

沈科長記得，當時三個月一期的成果發表會，為了要布置場地，有一位同仁，總是自費去購置費用不俗、相當精緻的點心、茶具，為了讓邀請來的貴賓以及參與的同學，不要有「這是在監所的活動，所以就只能這樣」，如此無奈的感受，幾位同仁，每次總是推陳出新的，和同學一起鋪上漂亮的桌巾，擺上美麗的飾品，牆上的布置、現場的配置，總是用心準備，一點也不是以「公務人員的心態」來面對每一次的成果發表會或是座談會。沈科長察覺，在這樣的過程中，同仁的參與感增加，藉由密集的活動舉辦，為同仁創造發揮所長的舞臺，透過受刑人的回饋，進而得到成就感，更見證到受刑人的改變，領悟到身為矯正機關其中一員的重大使命，感覺到每天的工作不再枯燥乏味。而受刑人藉由參與活動，也促進了受刑人延伸生活面向的絕佳練習機會。感受到無論志工、監所主管、監所同仁，為了所有的受刑人所做的努力，加深了對於自我的認同。沈科長認為，這些具體的改變，讓刻板印象中的矯正機關，有了不同以往的風貌。更因為一位教誨志工無私的付出，讓矯正機關與受刑人之間，在管理者與被管理者的關係之外，多了一層互益的深度。

21年前，兩位女性在監所相識，因著同樣的目標，兩名完全沒有職業倦怠的職業婦女，成為志同道合的好夥伴，也為當時共事的8年，創下了不可思議的佳績。沈淑慧科長在矯正機關的服務已經35年，林珠老師成為監所的教誨志工也已經22年，第四個屬於她們兩位的新鮮，不知道何時會來臨，也許會出現在下一個，兩個人再度共事的那一天。相信那天，伴隨著兩個女生咯咯的笑聲，一定會是個晴天高照、豔陽四射的好天氣。

⋯

## 沈淑慧科長對林珠老師說的真心話

我想跟林珠老師說，您就像是監所裡面的一顆明珠，這麼發光、這麼亮，照耀著我們。每次從讀書會中，閱讀同學的心得，與老師回饋的評語，我都非常感動，感覺自己也被老師照亮著、陪伴著。8年的合作，激盪出的所有火花，讀書會經營得如此成功，都是林珠老師領著大家，更領著我，在現在的崗位上，堅定前進的方向。我非常感謝，林珠老師在這20多年，做我人生的老師，雖然現在沒有在同一個監所服務，見面的機會不多，但是當我心情起伏時，我只要想起林珠老師，想起陪在林珠老師身邊的黃老師，我就會問我自己：「他們只是自願來監所付出的志工，都能夠為監所付出這麼多，我們是領國家薪水的職工，是不是應該要做得更多？」

林珠老師的熱情、直爽與熱切地擁抱，總是帶給我許許多多的感動。在跟林珠老師共事的過程中，我不斷向她學習。所以，現在我也常常會給我的同事大大的擁抱，我想，擁抱真的是最好的鼓勵、也是無形的語言。因為林珠老師，我總是告訴我自己，不管是哪一位教誨志工，我一定要用心對待。不只是如此，林珠老師不吝惜分享生活當中的一切，總是讓身邊的人感受到，幸福的真實存在。老師帶給我的觸動，真的不是言語可以說明。

祝福老師，讓我們再走向下一個20年，只要大家不嫌棄，即使我退休了，我也要跟著林珠老師，一起到監所做志工，回饋矯正機關。衷心祝福黃老師與林珠老師賢伉儷，在未來的路上，繼續攜手同行，繼續帶領我們。

## 筆者側寫

1. 採訪的過程中，林珠老師一直強調，當初在士林所以及後來的臺北看守所女所，如果沒有沈淑慧科長的大力支持以及親身參與，讀書會與所有相關的活動，都不可能會推展的這麼成功，達成超出意料的效果，這一切，都要歸功於沈科長以及監所同仁們的付出與努力。沈淑慧科長則是不斷地表達，林珠老師個性中獨有的直爽，雖然為讀書會的起頭帶來了一點風波，但是卻是這22年來，豐沛了這麼多受刑人的生命中，最好的養分。原來，當矯正機關的主管與教誨志工彼此信任、充分合作時，可以如同車芯與車軸，轉動教化的大願，更可以成就一段美麗的情誼。

2. 這段採訪，是本書撰寫過程中最困難的採訪。兩個女孩，許久未見，憶及當初、談起未來，仍舊是默契十足。說到過去的喜怒哀樂，總是樂不可支，談到未來的計畫，又激昂分享。吱吱喳喳的兩個女孩，談著談著總是離題，熱鬧無比。彼此之間不因時間、不因空間，而稍有疏遠的親密情感隨處可見。

註1

出處：《Cheers快樂工作人雜誌》：〈幸福感勉強及格，職場關係最讓人苦惱〉

作者：楊竣傑 2018-12

原以為人生已到谷底了，生命也毫無意義可言，就這樣，做起事來力不從心，日子也是過一天算一天。直到接觸到林姝老師的養心讀書會，我才明白身體雖是被禁錮的，思想卻是自由的，我開始學習轉念；學習調整心態，讓自己凡事以正向去面對、去思考，漸漸的發覺，因態度觀念的改變，其結果也有意想不到的收穫，能有這樣的轉變，是林姝老師每回上課時的循循善誘，讓我明白改變不了環境，就改變自己的心境吧！我想：人生心念一轉，處處都會是祝福。

給林姝老師的話：老師，您是我生命中的貴人；人生的啟蒙老師，您的話語字字珠璣，讓我受用一生。感謝有您，我的人生才能重拾意義；感謝有您，我的生命才能再現光亮。感謝有您……。

20X25=500

# 愛的抱抱

作者／林珠

在監所的讀書會上，經常有同學們（在監收容人、受刑人的稱呼）在分享讀書心得時，經由引導，有感而發的談到自己成長的心路歷程與背景。有的來自父母不經意的無心傷害，有的是父母親感情上的問題等等所造成的遺憾。每每聽到他們的心聲，真讓人不捨與心疼，身為父母、師長的我們，怎能不多加用心呢！

有一次，高姓同學分享著書中的一段話「想想你是怎麼被帶大的？」她咬牙切齒的說：「我好恨我的媽媽。她太偏心了啦！每當學校考完試，發考卷的時候，媽媽都只看姊姊和弟弟的考卷，還會給他們獎品，而我考得比他們好，媽媽卻視而不見，不說一句話。姊姊考高中的時候，考得不理想，媽媽會安慰她、還幫她另做選擇和建議，而我考高中時，成績不理想，不知道該怎麼辦？問媽媽，她竟然說隨便你自己啦！我好像不是她家的孩子，根本沒有我的存在。我一氣之下，就離家出走，再也不跟家人聯絡。後來，我交了壞朋友，開始跟朋友吸毒，一直到現在。」

長得眉目清秀的她，訴說著怨與恨，總認為，交上壞朋友走上吸毒之路都是家人、朋友害的。有這樣的觀念，一時間，要改變她，可不是一件容易的事。偏偏看到她長得可愛又人模人樣，心中就有一股，想要扶持她一把的力量，就會告訴自己，一定要盡力、用心，無所求的去陪伴她。在教化陪伴的過程中，愛的關懷是必備的，我以閱讀引導的方式，給予傾聽、同理、接納。她慢慢覺得，有人願意聽她說，她不再是一個被人唾棄的人，她也試著放下防衛，打開心門，學著靜下心深入去覺察與分享。

她說：「媽媽並沒有想像中，那樣偏心、可惡。這一年多來，媽媽知道我被抓進來關的時候，是她第一個來看我，還安慰我，鼓勵我，還告訴我，出獄後就回家住下來吧！其實我才是帶給家人最多困擾的人。謝謝老師妳不厭其煩的叮嚀著，還常常給我拍手、鼓勵，心裡好開心，讓我覺得，我並不是一個這麼爛的人。」

戒毒要成功，並不是那麼容易，但是我相信，只要有家人的關愛與支持和自己的覺醒，還是有希望的。

胡姓同學怨嘆說：「我在家是多餘的，爸爸疼姊姊，媽媽疼哥哥，從小到大，我從沒有過生日，只有哥哥才有生日，因為我和哥哥的生日只差三天。不論是衣服、鞋子或其他東西，我總是用哥哥的二手貨。我多麼希望能有一雙新的鞋子，所以我很努力的把舊鞋子要穿壞它。記得那天，吃完晚餐，媽媽帶著我和哥哥到夜市場買鞋子，心裡開心的不得了，沒想到，媽媽居然還是買哥哥的新鞋，我仍然繼續穿哥哥的舊鞋。我失望極了，心中一直忿忿不平。從此，我不再信任家人對我的關懷，我認為他們對我好，都是假的。我恨、我氣、我放棄我自己，我把自己所有的苦與悲都藏起來。我更不相信會有人對我好，我這次，是因為和朋友打架，不小心把對方打死了。」

胡姓同學因父母不經意的態度與疏忽，造成他誤會了父母對他的愛，封閉了自己，對人的不信任。也因為這樣，才會造成在人際的相處上，很難以平和的情緒，處理人際關係。

有一次，在上課中，我以一部「不良少年回母校」的影片作為題材，沒想到影片中，主角與老師互動過程中的那一幕，碰觸到他的經驗，竟然讓他有了轉變。他說：「若是當時能有個像劇中的老師一樣，對我施教，說不定現在的我也不會這樣衝動、迷惘。不過經過這麼多年的歷練，還有林珠老師的關愛，自己漸漸走出這個陰影。希望未來出所後，能找到一個讓自己隨時可以發問的對象，抒發心情，而不是只能將所有的問題，藏在自己封閉的心中，獨自承受苦與悲，希望這樣苦的日子，日後能有所改變。」就這麼簡單，只要用心去傾聽、引導，給予一點關愛，孩子的一生，還是很有希望的。

陳姓同學冷冷的訴說，他是一個私生子，從小被送養給舅舅。經常，看到舅舅、舅媽陪著表弟表妹們，一家人說說笑笑，好羨慕。心中暗自告訴自己「將來，我一定也要營造一個完整美滿的家。」畢業後，自英國留學回來，很幸運的進入外商公司，他好努力、拼命的工作賺錢，也交了一位有能力又美麗的女友，彼此承諾，等這趟出國公差回來後，就要討論婚嫁事宜。

沒想到，當夢想即將成真時，女友竟然背叛，另結新歡。他找女友談判，懇談不成，美夢破滅，兩人大吵一架。在失去理智、氣憤下，殺了他摯愛的女友，自己也自殺，结果女友死了，他被救活了。

一個被遺棄而過著寄人籬下生活的孩子，多麼渴望有個健全的家庭，心中難免有許多不為人知的心酸與無奈。在一次心得分享時，他說：「小時候媽媽不敢認我，她不知道，我早已經知道她就是我媽媽，我恨死她，不要我，為什麼要把我生下來？三十多年來，她覺得虧欠我很多，常常默默的為我付出，我就是不理她，還故意惡整她。直到，我殺死女友又自殺不成，重傷住院，住院昏迷時，她不分日夜，寸步不離的照顧我。當時，我失去所有自理的能力，是她幫我把屎、把尿。當我醒來的那一刻，我看到她緊握著我的手，趴在床邊打瞌睡，我沒有驚動她，可是我渾身痛，不知道是傷口痛還是心痛？整個人好像活在另一個世界裡。」

他眼眶泛著淚水，聽完他的分享，心裡好多的不捨，我不知道能怎麼做，我只有輕輕的對他說：「老師可以抱你一下嗎？」他站起來，讓我抱著他，他哭了，我讓他盡情的哭。我發現，一次愛的擁抱之後，他的態度改變了，變得柔軟、不再那麼孤傲與自以為是。我甚至鼓勵他做「十字真言」跪拜，真誠懺悔，他聽進去了。一個真誠的善待，加上無形能量的幫忙，是可以讓人，有能力、有力量去改變與成長的。

許姓同學後悔又憤慨的說：「我在小學時期，功課雖然差，但是很快樂！到了國中，被編在後段班。記得，國中三年級的一次全校運動會，我代表班級參加跳遠比賽，得到全校第一名，當時好像看到一片光明，終於揚眉吐氣為班級爭光，我遐想著，能站在司令臺上領獎的那分喜悅，及同學們欽羨的眼光。可悲的是，學校並沒有安排如此的頒獎，只在下課時，老師說：『許某某這是你的！』就這樣把獎狀遞給了我，我失望極了，當著老師的面把獎狀撕成碎片。第二天開始，我就再也不進學校了。」他還說：「如今，我很後悔當時自己的任性，也憤慨老師為什麼不安排在上課時，當著班上同學，頒這個獎給我？」真令人震撼，就因為老師的微小疏忽，竟然造成孩子成了中輟生，更讓毒品殘害了他的一生。為人師長者，怎能不謹慎啊！

鄧姓同學，在一次上課中，疑惑著問我：「老師，我一生中最痛恨外遇的第三者，為什麼偏偏我會是別人的第三者？為什麼？為什麼？」她難過又氣憤的希望馬上解開這個難題。她說：「從小有記憶開始，我就常常聽到爸媽吵架、打架，在家暴中成長。爸爸外遇不斷，爸媽經常為了外面的女人吵架，每次，當爸爸無法招架媽媽歇斯底里的叨唸、辱罵時，便是狠狠的一場拳打腳踢。」

「有一次，媽媽哭哭啼啼的揪著我，陪她去跟蹤爸爸，結果逮個正著。兩個女人大打出手，我在一旁，也幫著媽媽打那個女人，結果，爸爸竟然打了我一巴掌，還用手指狠狠戳著我的額頭罵。我好生氣。踹了爸爸一腳，我氣爸爸不但沒有維護我和媽媽，竟然還袒護那個女人。從此不再和爸爸説話，父女關係僵了好多年。也因為這樣，我告訴自己『絕不作別人的第三者』。」

「沒想到，在交男朋友的過程中，在不知自己被騙的過程中，我投入了情感，後來才知道他已有家庭，我被騙得好慘好慘，『人財兩失，挪用公款而入獄』。後來，一直想要結束這段感情，但是他竟然要脅我『妳敢離開我，我就死給妳看。』竟然真的割腕要自殺，真把我嚇壞了。怎麼會這樣，我真的不知道？我恨、我氣不知道該怎麼辦才好？」

當下，我能做的，只有不捨的，緊緊擁抱著她，並感謝她願意信任老師，把心裡的話與我分享。我擁抱她、輕拍著她的背，安撫著她，讓她發洩情緒，也鼓勵她誠心懺悔、反省，堅持做做「十字真言」跪拜，修養身心靈，增長智慧。就這麼簡單的，再一次給予同學「愛的抱抱」，又多了一位願意加入做跪拜功課行列的同學了！我覺得很多時候，並不需要給予求助者或孩子們太多的言語，只要真誠用心的去陪伴、聆聽，當事人對事情的處理，自然會有迎刃而解的機會。

十二年來，在矯正機關擔任教誨志工，心情總會出現起起伏伏。有時，在媒體上看到無惡不作，犯下滔天大罪的惡徒，真是天地難容。但又看到他們在監所裡的言行，卻是順從有禮；且在輔導過程中，聽到他們不堪的家庭背景，童年的辛酸歷程。我總會提醒自己，如能因為我們所盡的一點心力與關愛，使他們有了些許的轉變，何樂而不為呢！所以，我經常勉勵自己要加油！

孩子是生命的個體，需要無私的愛與呵護；管教的態度與捏拿，是父母、師長們生命課題的挑戰，身為父母、師長的我們，怎能不戒慎履薄。請多運用智慧，以簡單有效的教育方法「愛的抱抱」，真誠勤做「十字真言」身心靈三修的功課，給孩子滿滿的愛，他們就能健康快樂的成長！誠如朱慧慈老師常常教導我們「從自身做起」吧！

在監所的讀書會上，經常有同學們(在監收容人、受刑人的稱呼)在分享讀書心得時，經由引導，有感而發的談到自己成長的心路歷程與背景；有的來自父母不經意的無心傷害，有的是父母親感情上的問題等等所造成的遺憾。每每聽到他們的心聲，真讓人不捨與心疼，身為父母、師長的我們，怎能不多加用心呢！

### 我並不是一個這麼爛的人

有一次，高姓同學分享著書中的一段話「想想你是怎麼被帶大的？」她咬牙切齒的說：我好恨我的媽媽；她太偏心了啦！每當學校考完試，發考卷的時候，媽媽都只看姊姊和弟弟的考卷，還會給他們獎品，而我考的比他們好，媽媽卻視而不見，不說一句話。姊姊考高中的時候，考得不理想，媽媽會安慰她、還幫她另做選擇和建議，而我考高中時，成績不理想，不知道該怎麼辦？問媽媽，她竟然說隨便你自己啦！。我好像不是她家的孩子，根本沒有我的存在。我一氣之下，就離家出走，再也不跟家人聯絡。後來，我交了壞朋友，開始跟朋友吸毒，一直到現在。

長得眉目清秀的她，訴說著怨與恨，總認為，交上壞朋友走上吸毒之路都是家人、朋友害的。有這樣的觀念，一時間，要改變她，可不是一件容易的事。偏偏看到她長得可愛又人模人樣，心中就有一股，想要扶持她一把的力量，就會告訴自己，一定要盡力、用心，無所求的去陪伴她。在教化陪伴的過程中，愛的關懷是必備的，我以閱讀引導的方式，給予傾聽、同理、接納；她慢慢覺得，有人願意聽她說，她不再是一個被人唾棄的人，她也試著放下防衛，打開心門，學著靜下心深入去覺察與分享。

她說：「媽媽並沒有想像中，那樣偏心、可惡。這一年多來，媽媽知道我被抓進來關的時候，是她第一個來看我，還安慰我，鼓勵我，還告訴我，出獄後就回家住下來吧！其實我才是帶給家人最多困擾的人。謝謝老師妳不厭其煩的叮嚀著，還常常給我拍手、鼓勵，心裏好開心，讓我覺得，我並不是一個這麼爛的人。」

戒毒要成功，並不是那麼容易，但是我相信，只要有家人的關愛與支持和自己的覺醒，還是有希望的。

### 我在家是多餘的

胡姓同學怨嘆說：我在家是多餘的，爸爸疼姊姊，媽媽疼哥哥，從小到大，我從沒有過生日，只有哥哥才有生日，因為我和哥哥的生日只差三天。不論是衣服、鞋子或其他東西，我總是用哥哥的二手貨。我多麼希望能有一雙新的鞋子，所以我很努力的把舊鞋子要穿壞它。記得那天，吃完晚餐，媽媽帶著我和哥哥到夜市場買鞋子，心裏開心的不得了，沒想到，媽媽居然還是買哥哥的新鞋，我仍然繼續穿哥哥的舊鞋。我失望極了，心中一直忿忿不平。從此，我不再信任家人對我的關懷，我認為他們對我好，都是假的。我恨、我氣、我放棄我自己，我把自己所有的苦與悲都藏起來。我更不相信會有人對我好。我這次，是因為和朋友打架，不小心把對方打死了。

胡姓同學因父母不經意的態度與疏忽，造成他誤會了父母對他的愛，封閉了自己，對人的不信任。也因為這樣，才會造成在人際的相處上，很難以平和的情緒，處理人際關係。

有一次，在上課中，我以一部「不良少年回母校」的影片作為題材，沒想到影片中，主角與老師互動過程中的那一幕，碰觸到他的經驗，竟然讓他有了轉變。他說：若是當時能有個像劇中的老師一樣，對我施教，說不定現在的我也不會這樣衝動、迷惘，不過經過這麼多年的歷練，還有林珠老師的關愛，自己漸漸走出這個陰影。希望未來出所後，能找到一個讓自己隨時

你是怎麼被帶大的

# 請給我愛的抱抱

一個真誠的善待，加上無形能量的幫忙，是可以讓人，有能力、有力量去改變與成長的。

作者：林　珠　攝影：韓舞麟

去跟蹤爸爸，結果逮個正著。兩個女人大打出手，我在一旁，也幫著媽媽打那個女人，結果，爸爸竟然打了我一巴掌，還用手指狠狠戳著我的額頭罵。我好生氣，踹了爸爸一腳，我氣爸爸不但沒有維護我和媽媽，竟然還袒護那個女人。從此不再和爸爸說話，父女關係僵了好多年。也因為這樣，我告訴自己「絕不作別人的第三者」。

沒想到，在交男朋友的過程中，在不知自己被騙的過程中，我投入了情感，後來才知道他已有家庭，我被騙得好慘好慘，「人財兩失，挪用公款而入獄」。後來，一直想要結束這段感情，但是他竟然要脅我「妳敢離開我，我就死給妳看」，竟然真的割腕要自殺，真把我嚇壞了。怎麼會這樣，我真的不知道？我恨、我氣不知道該怎麼辦才好？

當下，我能做的，只有不捨的，緊緊擁抱著她，並感謝她願意信任老師，把心裡的話與我分享。我擁抱她、輕拍著她的背，安撫著她，讓她發洩情緒，也鼓勵她誠心懺悔、反省，堅持做做「十字真言」跪拜，修養身心靈，增長智慧。就這麼簡單的，再一次給予同學「愛的抱抱」，又多了一位願意加入做跪拜功課行列的同學了！我覺得很多時候，並不需要給予求助者或孩子們太多的言語，只要真誠用心的去陪伴、聆聽，當事人對事情的處理，自然會有迎刃而解的機會。

簡單有效的教育方法「愛的抱抱」

十二年來，在矯正機關擔任教誨志工，心情總會出現起起伏伏。有時，在媒體上看到無惡不作，犯下滔天大罪的惡徒，真是天地難容。但又看到他們在監所裏的言行，卻是順從有禮；且在輔導過程中，聽到他們不堪的家庭背景，童年的辛酸歷程。我總會提醒自己，如能因為我們所盡的一點心力與關愛，使他們有了些許的轉變，何樂而不為呢！所以，我經常勉勵自己要加油！

孩子是生命的個體，需要無私的愛與呵護；管教的態度與捏拿，是父母、師長們生命課題的挑戰，身為父母、師長的我們，怎能不戒慎履薄。請多運用智慧，以簡單有效的教育方法「愛的抱抱」，真誠勤做「十字真言」身心靈三修的功課，給孩子滿滿的愛，他們就能健康快樂的成長！誠如朱慧慈老師常常教導我們「從自身做起」吧！

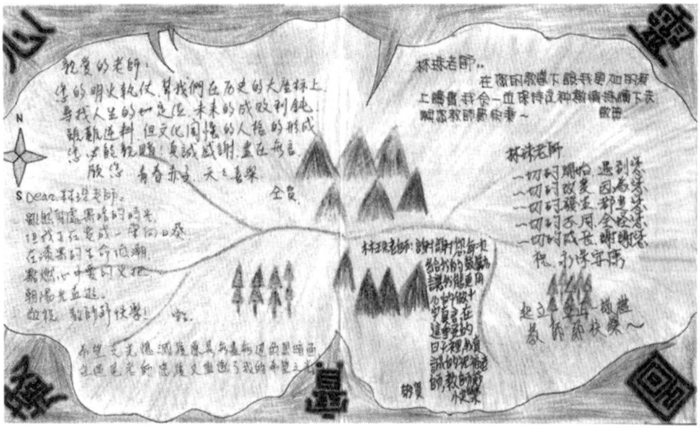

可以發問的對象，抒發心情，而不是只能將所有的問題，藏在自己封閉的心中，獨自承受苦與悲，希望這樣苦的日子，日後能有所改變』。就這麼簡單，只要用心去傾聽、引導，給予一點關愛，孩子的一生，還是很有希望的。

## 他是一個私生子

陳姓同學冷冷的訴說，他是一個私生子，從小被送養給舅舅。經常，看到舅舅、舅媽陪著表弟表妹們，一家人說說笑笑，好羨慕。心中暗自告訴自己「將來，我一定也要營造一個完整美滿的家」。畢業後，自英國留學回來，很幸運的進入外商公司，他好努力、拼命的工作賺錢，也交了一位有能力又美麗的女友，彼此承諾，等這趟出國公差回來後，就要討論婚嫁事宜。

沒想到，當夢想即將成真時，女友竟然背叛，另結新歡。他找女友談判，懇談不成，美夢破滅，兩人大吵一架。在失去理智、氣憤下，殺了他摯愛的女友，自己也自殺，結果女友死了，他被救活了。

一個被遺棄而過著寄人籬下生活的孩子，多麼渴望有個健全的家庭，心中難免有許多不為人知的心酸與無奈。在一次心得分享時，他說：小時候媽媽不敢認我，她不知道，我早已經知道她就是我媽媽，我恨死她，不要我，為什麼要把我生下來？三十多年來，她覺得虧欠我很多，常常默默的為我付出，我就是不理她，還故意惡整她。直到，我殺死女友又自殺不成，重傷住院，住院昏迷時，她不分日夜，寸步不離的照顧我，當時，我失去所有自理的能力，是她幫我把屎、把尿。當我醒來的那一刻，我看到她緊握著我的手，趴在床邊打瞌睡，我沒有驚動她，可是我渾身痛，不知道是傷口痛還是心痛？整個人好像活在另一個世界裏。

他眼眶泛著淚水，聽完他的分享，心裏有好多的不捨，我不知道能怎麼做，我只有輕輕的對他說：老師可以抱你一下嗎？他站起來，讓我抱著他，他哭了，我讓他盡情的哭。我發現，一次愛的擁抱之後，他的態度改變了，變得柔軟、不再那麼孤傲與自以為是。我甚至鼓勵他做「十字真言」跪拜，真誠懺悔，他聽進去了。一個真誠的善待，加上無形能量的幫忙，是可以讓人，有能力、有力量去改變與成長的。

## 小疏忽，毀掉一生

許姓同學後悔又憤慨的說：我在小學時期，功課雖然差，但是很快樂！到了國中，被編在後段班，他說：記得，國中三年級的一次全校運動會，我代表班級參加跳遠比賽，得到全校第一名，當時好像看到一片光明，終於揚眉吐氣為班級爭光，我遐想著，能站在司令台上領獎的那份喜悅，及同學們欽羨的眼光。可悲的是，學校並沒有安排如此的頒獎，只在下課時，老師說：「許某某這是你的」，就這把獎狀遞給了我，我失望極了，當著老師的面把獎狀撕成碎片，第二天開始，我就再也不進學校了。他還說：如今，我很後悔當時自己的任性，也憤慨老師為什麼不安排在上課時，當著班上同學，頒這個獎給我？真令人震撼，就因為老師的微小疏忽，竟然造成孩子成了中輟生，更讓毒品殘害了他的一生。為人師長者，怎能不謹慎啊！

鄧姓同學，在一次上課中，疑惑著問我：「老師，我一生中最痛恨外遇的第三者，為什麼偏偏我會是別人的第三者？為什麼？為什麼？」她難過又氣憤的希望馬上解開這個難題。她說：從小有記憶開始，我就常常聽到爸媽吵架、打架，在家暴中成長。爸爸外遇不斷，爸媽經常為了外面的女人吵架，每次，當爸爸無法招架媽媽歇思底里的叨唸、辱罵時，便是狠狠的一場拳打腳踢。

有一次，媽媽哭哭啼啼的揪著我，陪她

## 福氣無限

矯正署前主任祕書 鄭美玉 v.s. 林珠老師

似乎，有機會與林珠老師近距離接觸，真正了解她在做什麼之後，都難逃成為好姐妹好朋友的命運，矯正署前主任祕書鄭美玉就是這樣的實際例子。不過，她們的相識，並沒有太浪漫的過程。

當年，鄭主祕剛至臺北少年觀護所就任所長，同時間，林珠老師正好邀請社會當中的知名講師，前往北少觀所演講，公文沒有遞到當時是所長的鄭主祕處，所以鄭主祕並不知道有這場演講、有這位老師，所以也並沒有對這場活動有任何的關注，更別說是出席這場活動。而那時林珠老師也只是秉持著認真做事的心情，想把這場演講辦好，讓同學能夠有所收穫，並沒有想要趨炎附勢，去拜見這位新任所長，她心想，如果這位所長，沒有那麼重視外界提供的資源，那自己也不要太惹人厭，以後少辦就是，要付出的地方不怕少，畢竟，過度的善意也不一定是好事，緣分也不能太過強求。

後來，矯正署前副署長詹哲峰知道了這件事，居中聯絡了鄭主祕與林珠老師，這才讓這兩位認真的女性，開啟了美好的因緣。

鄭主祕表示，少年觀護所收容*12*歲到*18*歲的少年犯，教化對他們來說，具有相當關鍵的影響力。在少觀所的孩子，很多都是在欠缺健全的關愛與教養下長大的。生長在缺乏安全感的過程中，讓許多收容的同學，對於人的信任感薄弱，對於自我的認同欠缺，更無法在與人相處的過程中，有效率地表達與溝通。除此之外，有許多的收容同學，更是在居無定所、家庭暴力的環境下成長，如此長時間的狀態，以致發展成不健全的人格。因為深刻了解到少觀所的收容同學，特殊的成長背景，所以，鄭主祕希望，能夠為這些尚有強大可塑性的收容同學，多做點什麼。但是少觀所在所有矯正機關的資源分配上，又是顯少的，所以，當林珠老師帶著許多講師，舉辦多元的講座以及座談會時，例如：醫界、學界、輔導界、文學界等等，鄭主祕的心中充滿無限感謝。除此之外，林珠老師每週帶領的團體輔導，也都讓這些孩子，受益良多，幫助頗大。

鄭美玉主任祕書後來調任至桃園女子監獄，林珠老師也將讀書會引入，並同時開始為桃園女子監獄的收容人，舉辦一系列的講座課程。鄭主祕說，不論是在少觀所或者是桃女監，林珠老師的付出，都對收容人的情緒，有明顯的安定作用。收容人的情緒穩定，違規事件便減少，這對於以戒護為主的矯正機關來說，是壓力能不能舒緩的，很重要的關鍵。再者，一旦收容人情緒穩定，所有的輔導、關懷、陪伴等等進一步的行動，才有機會一步一步落實。鄭主祕觀察到，當教誨志工與收容人的關係建立起來了，收容人有什麼心事、困難，便會向志工抒發，這對於監所的穩定管理，與行政上的運作來說，具有實質的貢獻。更重要的是，林珠老師如此積極認真的付出，對於教誨師以及監所同仁來說，都是一股振奮的力量。一位志工尚且如此，更遑論是職工呢？

此外，就鄭主祕所知，不只是她自己，有時候是前矯正署副署長詹哲峰當時所在的監所、有時候是臺北看守所、有時候是桃園女子監獄……只要是任何監所有提出教化上的提案，有任何資源上的短缺，林珠老師一定立刻義不容辭的，親身去募款，去促成資源的連結。對監所來說，有資源固然是好事，然而，資源取得之後，沒有對價關係的壓力，更是萬分感謝。如此，資源便能安心運用在教化的領域，多為收容人創造教育、輔導、學習機會，以利成長。林珠老師與所有資助者的善心，這樣多年來無所求的行動，在在成為所有矯正同仁的動力。

回憶至此，鄭主祕感慨的說，實在不知道自己何德何能，能夠在矯正機關服務的這數十年的過程中，與林珠老師合作，得到林珠老師的協助，與無怨無悔的付出。能夠與林珠老師在職業上抱著同樣「自我實現」的信念來努力，又能夠因此成為好朋友，覺得自己非常的有福氣。福氣，源自於付出，鄭美玉主祕認為，在林珠老師的身上，清楚的看到了這個印證。

⋮

## 鄭美玉前主任祕書對林珠老師說的真心話

美麗大方又樂觀的林珠老師，感謝您多年來，對於矯正機關的付出。您擁有幸福的家庭之外，還有著幫助弱勢的熱忱。在很容易被社會遺忘的矯正界中，您用了最大的力氣來尋找資源，來幫助所有弱勢的收容人，真的非常感謝。我們相識相交了二十多年，看到您在矯正領域的付出，是這樣的無怨無悔，即使跌倒了，又再爬起來，就是一心想要繼續付出。未來，懇請您繼續協助所有的收容人，衷心地感謝，也深深的祝福。

# 俠女姊姊

臺北看守所輔導科主任管理員暨立德廣播電臺臺長 王之后 v.s. 林珠老師

主任管理員王之后在臺北看守所輔導科，已經服務了25年，與林珠老師在教化領域的合作，也長達15年之久。一開始是因為林珠老師在臺北看守所帶讀書會，之后因為職責所需，必須去了解追蹤，每一位教誨志工老師，帶領的課程內容以及與收容人互動的狀態，所以因此而與林珠老師結識，那年是民國93年。談到對林珠老師的第一印象，之后說，總覺得林珠老師熱情、溫暖，非常有親和力，雖然才初相見，卻讓人感覺完全沒有距離，好像什麼話都不需要保留，都可以對林珠老師說。對之后來說，林珠老師是有著獨特魅力的女性。

職責所需，之后長時間觀察每一位教誨志工的課程。記憶中，林珠老師在讀書會中與同學的互動非常多，課程的進行，並不是老師講、同學聽的方式。在互動的過程中，老師求好心切的個性表露無遺，總是會很著急地指出同學的偏差，很急切地要同學趕快調整、趕快改正。在情緒激昂時，之后覺得彷彿看見一個俠女站在山頭，揮動著雙手，正義凜然地訴說著心中的理想，這一幕讓之后印象深刻。但是也是因為林珠老師的個性鮮明，所以參與讀書會的同學，反應總是兩極。能夠體會林珠老師的要求是源自於「愛之深、責之切」的同學，會非常的感謝老師，期待與老師每個星期的交流；不能明白老師心意的同學，則是十分反感，覺得老師太過強勢，不夠委婉。面對收容人普遍的心理狀態，長年在輔導科工作的之后，相當能夠理解如此不同，並且極端的結果。

不過，從所有參與讀書會同學的心得報告中，之后發現，儘管有很多同學都會在文字內容中，提到諸多不同的老師，不過大部分都是輕描淡寫、點到為止，或者只是流水帳的幾筆寫過記錄一下而已。但是，同學如果在回饋心得內容中，真真正正書寫出深刻、書寫出感謝的老師，那麼，幾乎都是林珠老師，這讓之后大感意外。原來，看似沉默、看似參與度不高的同學，是真的能夠在課程進行中，穿透林珠老師的強勢、急迫，感受到俠女那顆慈祥的心。之后覺得，也許就是因為如此，林珠老師的讀書會，才能造就許多亮眼的成績。不論是在所內，同學穩定度的表現上，或者是同學出所之後，選擇重新開始進入社會，所展現的勇氣。

而之后除了是臺北看守所輔導科主任管理員的身分之外，還有一個她自己更喜歡的身分，那就是「立德廣播電臺」的臺長。這是什麼呢？這個廣播電臺對於矯正機關來說，是相當突破的創舉。全臺灣五十幾所監所中，這是唯一一個，因為教化而成立的廣播電臺。在民國*94*年*10*月，由臺北看守所規劃成立的「立德廣播電臺」，成為臺北看守所教化的一大特色。當初創立的宗旨，是希望利用廣播收聽的系統，提升收容人的生活品質，同時透過不同領域的社會資源，協助教化工作。廣播內容相當豐富，包括外語學習課程、心靈成長、音樂賞析、人生經驗分享、美學素養課程、宗教慰藉、法律素養提升等等節目內容，讓收容人在所內，雖然無法與外界接觸，但還是可以透過固定收聽廣播節目，學習知識、學識，獲得資訊，不致與社會脫節。此外，電臺的服務也邀請收容人共同參與，創造社會化的機會，建立其自信心。

不過在電臺草創之初，不論是在經費或是人力上，都是捉襟見肘。當林珠老師得知這個如此有特色的計畫時，老師立即投入募款的行動，劍及履及的催生了立德電臺的成立。於是在林珠老師大力奔走之下，立德電臺於民國96年4月27日正式開播，至今已經運作了12年。透過廣播志工以及同仁的參與，在舍房每日每日播放的廣播節目，讓教化的效用更加普遍與及時。臺長之后說，如果沒有林珠老師的行動，不可能有這個電臺，要說老師是立德電臺成立，最重要的功臣，一點也不為過。除了募款，林珠老師也擔當了廣播志工，主持其中一個節目，並廣邀社會名人、學者專家，來節目中暢談，給予收容人許許多多的心靈滋養與專業知識。在共同服務的這麼多年，之后看到的是，只要監所在教化的計畫上，有任何資金上的短缺，老師都義不容辭的去促成。只要是對收容人的成長有益，林珠老師都把這些目標，當作是自身使命一般的，盡力推動、全心全意。

與林珠老師合作的15年間，除了看到林珠老師對於收容人的無私奉獻之外，之后說，同樣身為女性，自己更加敬佩老師的是，林珠老師的人生，似乎有無極限的精力。林珠老師是一位職業婦女，要兼顧家庭以及工作，光是這樣就已經相當的不容易，還要在教誨志工的領域上付出。這15年來，老師付出的心力有增無減。之后看到的，不只是林珠老師在監所帶讀書會、舉辦講座、募集社會資源、參與廣播錄製、個別輔導、團體輔導，老師還會邀約許多矯正同仁、教誨志工，共同聚會討論「教化」方向，彼此交流共勉。老師的用心，對於之后來說，已經不是筆墨可以言語。在矯正機關服務了25年，之后深有所感的說，如果沒有像林珠老師這樣熱情活潑的志工，自己非常容易陷入例行性的業務工作形式，長時間面對著進步不如預期的收容人，很容易失去前進的動力。然而，看著林珠老師一次一次，力道沒有減緩，頻率從無間斷的行動，讓自己以及許多同仁為之振奮，願意繼續為了這份富有重大意義的職業來衝刺，激起了「能影響一個收容人是一個人」的決心，讓教化不易的巨石，開始滾動。志工存在於此的意義，也許對於同仁來說，是比對於收容人還要更加重大的。

再過幾年，即將從輔導科退休的之后，已經決定跟著林珠老師的腳步，繼續回到監所當志工，也許沒辦法像林珠老師一樣，當個揮旗吶喊的俠女，但是老師積極、傻氣的行動，臺長之后想，怎麼樣也得要習得一二才行。

⋮

## 王之后臺長對林珠老師說的真心話

感謝老師一路以來的協助，您的雙手推動著大家往前走，有時候當工作疲累時，都會想到，如果自己停止不動，就覺得對不起您。您身為一個志工，都能如此付出，我一定要做更多才是。謝謝您以及所有的志工投入的熱情，您們真的很了不起。您一直像是自己的姊姊，有什麼心事都可以跟您說，能夠擁有這分情感，實在非常感謝。您就像是一個傻傻的俠女，即使跌倒了，也會毫不猶豫的爬起來繼續傻，雖然有時候心疼您，但是我知道，跟著您一起努力，您會更快樂。再次深深的感謝您，也祝福您志工的路上，圓滿豐碩。

# Y先生

殺人 傷害

95年開始參與讀書會

Y先生自小單親，上有三個姊姊。原生母親重男輕女的觀念使然，所以三個姊姊們，從小便被母親虐打，對於母親相當恐懼。三個姊姊被母親分別送去三個不同保母家長大，長成後，完全沒有想回到原生家庭的意願。Y先生是唯一的男生，被母親留在身邊生活，因為和姊姊沒有一起相處、一起成長，基本上就像是個獨生子，與姊姊們之間並沒有兄弟姊妹的情感。

從小被母親帶在身邊的Y先生，記得母親總是在忙著工作，自己的哭鬧換來的不是溫暖的膚慰，不是循循引導，而是一次比一次嚴厲的喝斥，以及毫不遲疑地拳打腳踢。還記得在幼稚園的年紀，與母親一同回去鄉下老家，長長的山路、上坡路，母親兀自走在前頭，任憑自己哭泣跌倒，也不會回頭安慰或是協助。小小年紀的他，不明白母親的背影為什麼這麼冷漠，自己為什麼這麼無助，說不出來的心情，只能用眼淚來宣洩。每每談到這件事，林珠老師總是鼓勵的說，那是母親為了激勵你往前走、繼續堅持、不能放棄的方式，母親是為了養成你的獨立。這樣的說法，Y先生從一開始的不能接受，到後來隨著與林珠老師建立的情誼增加、信任增加，也隨著自己成家，漸漸的能夠理解、能夠接受。

在Y先生小時候的印象中，母親忙著工作、忙著賺錢，沒有時間教養孩子、陪伴孩子。說實話，沒有受教育的母親，在當時也很難有教養的觀念。通常自己怎麼成長為人的，同樣的形式不知不覺的，就會像家風一樣，隨著血液流傳下去，成為下一代的風格。「母親」這個詞，對於Y先生來說，似乎只是身分上的稱謂，說得更實際一點，就是鈔票的代名詞。所以小二的Y先生，就開始翹課，到處流浪，讀不讀書根本不重要，只要好玩就好。八歲的孩子，玩不就是本分嗎？沒人在旁邊細心雕塑的泥塊，只能隨著環境，自主的變化，自由成形。這個自由是自主嗎？好像不完全是。無數次，Y先生坐上火車，隨著火車的移動到處玩耍，到了晚上，再搭乘最後一班車返家。記得有幾次，常常流浪到夜深，再由警察叔叔發現，帶回去警察局待著。那個時期的Y先生對於警察，沒有負面的感受，沒有制裁的想像，警察叔叔就和所有關懷自己的長輩一樣，雖然這樣的長輩數不出幾個。

學校，對於Y先生來說，就像「母親」只是個名詞一樣，也是另外一個陌生、失望卻又逃脫不了的宿命。只要讀書，就會改變命運這件事，在小小的生命中，沒有助力推波助瀾，是不可能會發生的，是比天方夜譚還要天方夜譚的童話故事。在學校受教育的過程中，老師對於成績好的學生，明顯偏袒，就像是自己母親對於兒子的偏袒一模一樣，不被愛護的姊姊們，放棄原生家庭，而在學校不被重視的自己，當然也放棄讀書。家庭弱勢加上成績不良，被他人輕視而致自己輕視自己，是自然的現象。「輕視」是Y先生長大的過程中，最豐沛自然的陪伴。於是，乘坐火車流浪的生涯演變到後來，花樣越來越多，膽子越玩越大。Y先生發現自己能玩的種類越來越多，譬如：開始偷東西、開始成群結黨。

和一群同質性高的朋友在一起，真的很好，大家重視著彼此、信任著彼此、關懷著彼此。這分認同感、歸屬感、愛與被愛、需要與被需要的感覺這麼美好，這是生命中，從來沒有感受過的滋味，在家庭裡沒有，在學校裡也沒有。大夥兒在一起，不會被比較、不會感覺如此渺小、這麼不重要。第一次，Y先生感覺自己灰暗的人生，開始有了一點亮度。在當時完全想不到，對於長時間以來，終於能感受到的，人類情感的基本需求，這麼美好，應該是完全無害的事，為什麼會繪製出，截然不同的人生拼圖？為什麼起始時，被祝福的生命，會成為龐大社會體制下的負累？這該是誰的錯嗎？該歸咎於誰嗎？充其量，那只是一顆再微小不過，想要被支持的心罷了，只是一種再正常不過，追求正面力量的本能罷了，到底該怪誰？

Y先生出生那一年，二姊身故，這對母親造成不小的精神打擊，儘管陪在孩子身邊的時間、能給孩子的東西少得可憐，但是失去骨肉的痛，還是重重的打擊。這是與家人冷漠至極的距離當中，Y先生還能感受到的真實情感，只可惜是痛極的那種。經過了數十年的人生磨難，母親年邁後，住進了精神療養院。十幾年沒有見母親的Y先生，在療養院見到母親的那一刻，痛哭失聲，原本以為不會再有溫度的親子之情，在那一刻，痛徹心扉。一定得是在這樣無法挽回的時候，才能夠毫不保留。雖然甚感遺憾，但也不能說不替母親欣慰，安養院的日子，似乎是母親這一輩子，最好的日子。

與林珠老師的相遇是在獄所開辦的讀書會，一個星期一次，讀書會中一次閱讀一本書之外，自己也要找時間閱讀，並在讀書會中分享心得。起初，完全無法靜下心來閱讀，也沒有能力參與其中的任何討論。如此心不在焉，是因為非常在意當時懸而未決的判決結果。儘管林珠老師鼓勵，趁這樣的機會好好學習、好好努力，但是，一下子三年、一下子八年的刑期，糾結著自己的苦痛，實在很難理解，為什麼要在這種時候靜下來閱讀，花時間做沒有意義的事，你們這些老師，怎麼會懂？Y先生想，這麼多年了，家庭、學校，我可以好好讀書的時候，沒有人給我資源、給我機會，現在這樣的關鍵時刻，怎麼會是學習的好機會？但是這樣的話，他說不出口。塑造Y先生成長的人生，長久以來，沒有說話的餘地，所有的事都只能悶在心裡，沒有舞臺，自然沒有表達的能力，更沒有人會願意聽。於自由身時已然如此，此刻身處人生的低谷，是整個社會運作機制下的底層，更加不可能有人會願意聽自己說話，不相信現在有人要聽、願意聽，是正常的防衛反應。於是，讀書會的

第一堂課，第一次的發表，Y先生以：「我袂曉說話。」簡單作收。作收的豈止是第一堂課的第一次發表，作收的是自己無能為力的人生。林珠老師看在眼裡，怎麼會看不懂。

Y先生記得自己在讀書會中的第一堂課，說的第一句話：「我袂曉說話。」自然也對於林珠老師回應的那句話：「一句話都講不出來也要講。」印象深刻。這句話鏗鏘有力，充滿林珠老師對於同學的愛與期待，充滿林珠老師對於自己生命的使命與熱忱。Y先生沒有遲鈍到感覺不出來，但是無奈的是，與其說是不喜歡講，還不如說是沒有能力講。不喜歡講，是一種反抗的行動，源自於有能力但是抗拒，但是，對於Y先生來說，不相信自己，不相信任何人，更是主要的因素。生命中，沒有這樣的人，沒有這樣的角色，沒得練習、沒得收穫，所以即使讀書會進行了一段時間，林珠老師沒有打算放棄任何的同學，Y先生仍舊是不開口的那一位。終究在這裡，一個不自由的地方，要開始練習自由的思考與自由的說話，不是一件容易的事。終究會在這裡，有一部分很重要的原因，也正是因為不會表達，找不到人溝通，所以很多情緒憋在心中，沒有正常的宣洩，最後走上了這條路。

讀書會沒有完成，Y先生就因為某些事件，也是因為沒有溝通表達的能力，情緒無法抒發，在32歲時，進入獨居房待了半年。群居與獨居，儘管不自由的狀況是一樣的，但是至少，和大家住在一起，看得到嬉鬧、感覺得到擁擠、聞得到憤怒、緊張，聽得到無奈、悲傷與無稽，至少還知道自己在哪裡。獨居房，在密閉的生活空間中，什麼事都做不了，只剩下吃喝拉撒、只剩下一口一口的呼與吸，心中的恐懼、孤獨感，日日夜夜襲擊著自以為堅硬的心靈，窒息感迫使自己開始面對自己。奇怪的是，也許是林珠老師沒有放棄的熱切，與鼓勵閱讀合而為一，在當時，什麼都不能做的Y先生，竟開始翻起了書籍，書籍中一個字一個字的文字，雖然無比緩慢，但是開始躍入因為空洞而毫無防備的靈魂。

也許真的是因為快溺斃了，所以，Y先生開始伸出手求援，試試無妨吧，Y先生這樣想。獨居房中，沒有參與每個星期讀書會的權利，但是Y先生一反常態的，開始積極的書寫閱讀心得、閱讀回饋來與林珠老師做交流。林珠老師秉持著絕不放棄的原則，有機會就回信、有時間就探視。林珠老師相信，透過愛與陪伴，人都可以有向上的力量。儘管閱讀的過程，Y先生也會有完全看不下去的時候，但是老師鼓勵再鼓勵，一天一頁也好，並且透過文字與面談，更加關心Y先生的心理狀態、家庭背景，不間斷的同理與關懷。伴隨著火苗般的熱度，每一個文字一點一滴地開始燃燒著Y先生的思想，最後竟發現閱讀的，不是文字，而是自己的人生。林珠老師真摯的關懷，一點一滴地打開了Y先生關閉許久的情感，最後發現打開的，是Y先生對於未來的希望。

在這段半年的獨居歲月中，藉由閱讀證實了很多長久以來的疑惑。人生終歸是辛苦的，不過再怎麼辛苦，選擇做壞事或是選擇做好事，其實就是一線之隔。自己，絕對是自己的主人，一定有能力可以控制自己。獨居房的半年後，Y先生確定移監。與林珠老師重疊的空間，在實際層面來看，越來越遠。但是，也許真的是從閱讀中得到了些許的力量與智慧，也許與林珠老師互動的這段時間以來，收到的愛與關懷，如同獨居房的牆一樣實在，所以即使不在同一間獄所了，Y先生也不打算放棄好不容易拾起的希望。從此一個星期寫一封信給林珠老師，從97年到101年，沒有間斷。林珠老師無法每個星期回覆，但是能力範圍內，必定盡量回信，一個月內至少會書寫一封信。書信的內容包含對於Y先生心情上的支持、人生成長相關文章與Y先生自行閱讀的心得。除此之外，林珠老師也會揀選勵志小品，複印之後回信鼓勵、互相激盪。林珠老師更會藉著在Y先生所在的獄所舉辦活動之時，前往探望面會，親自鼓勵督促。

這樣的師生情誼，寫成文字短短數千，透過時間的堆疊，譜成的是一曲人生歌謠，牽起的是一個在上坡路段哭泣的小男孩，拯救的是一縷冰冷的靈魂，開啟的是一個有機會的未來。

101年，Y先生假釋出獄，面對實際的生活，無數次想過是否輕鬆一點，選擇自己熟悉的方式，來越過赤裸裸的生活。但是想到家人、孩子、林珠老師，回想起這麼多年來堅持的二百六十封信，終究還是決定，要給自己一個越過難關的機會，回憶起林珠老師常常寫在書信中的一句話：「要堅持做對的事。」思及此，往往在最虛弱的時候，得到了力量與信心。Y先生決心，都是為了討一口飯吃，一定要用做不好之事的力氣，來做好的事，一定要成為有能力做出正確選擇的人。即使仍舊渺小，也一定要繼續堅持。

出獄後，常常去婦女會看望林珠老師，總是會帶簡單的餐食與老師分享。102年，Y先生公證結婚，林珠老師是結婚儀式的其中一位證人。Y先生開始面對這個世界上，所有結婚的人都會面臨的婚後經濟壓力、夫妻爭執，所以林珠老師仍舊常常是Y先生會打電話抒發的對象，也許更是唯一的對象。婚姻，是林珠老師自己人生中，收穫最多的一堂課，所以老師總是諄諄教誨，要Y先生面對妻子，多一點體諒多一點理解，雖然不擅長溝通，但是夫妻之間要有更多的溝通，並且絕對不能動手。要改變一個人的個性談何容易，Y先生雖然還是會氣到將家中的衣櫥打壞，但在林珠老師長年的陪伴下，漸漸穩定。

Y先生目前在營建行業，婚姻維持並育有兩子。Y先生說，對於未來，和每個人一樣，希望讓家中妻小過安穩日子，建立健全家庭，絕不讓孩子重蹈覆轍。在將來的有一天，一定會告訴孩子，自己的過去，期盼能夠讓孩子建立正確的人生觀。也一定一定會讓孩子知道，林珠老師在自己人生中的重量，就如同再生母親一般。

Y先生談到這麼多年來，參與讀書會、書寫心得、書信回饋交流的收穫，Y先生覺得自己變得有自信，勇於表達溝通，不會再把事情悶在心裡，面對挫折困難，也變得有定見，不會迷惑。在移監的那幾年，甚至還推薦同舍房的同學與林珠老師通信，並且鼓勵同學開始閱讀。其中有一位被判無期徒刑的獄友，在林珠老師的鼓勵下，從完全沒有受過教育，一路在獄所讀到了高中、空大，成績優異。這些助人的成果，Y先生同感喜悅。Y先生現在因為出獄超過五年，沒有再犯，有時候甚至還會跟著林珠老師回去獄所做分享。

Y先生一直覺得，「家人」這個名詞，在生命中不曾有過任何意義。雖然有姊姊，但是卻無實質的親情溫度，Y先生相信，就算走在街頭與她們相遇，她們也認不出自己就是親弟弟。如今，能夠擁有大部分的人所煩惱、喜悅的人生，對Y先生來說，竟是奇特的難能可貴，而這其中，林珠老師的付出，隨著時間的前進，無褪色之跡，卻越顯雋永。

⋮

## 筆者側寫

1. 林珠老師在訪談的當下，才真正知道Y先生最初到底是什麼刑罰入獄，足見對於林珠老師來說，面對的每一個學生，過去的種種一點都不重要，重要的是，這個學生未來可以成就的樣子。

2. Y先生的故事能夠編入，絕對是宇宙的安排。在第二次與林珠老師相約採訪時，Y先生開著車，帶著從東港買回來的雙潤糕，特地在回家之前，繞過來送給林珠老師，希望與她分享，這才開啟了將Y先生的故事編入本書的契機。這不是預先設計，是林珠老師與學生的日常。是林珠老師將教育志工的事業，完全融入生命中的日常。當然，林珠老師還是念著不要再給她東西，Y先生只是微笑不語。

3. 與林珠老師、Y先生共同訪談的過程中，林珠老師不斷不斷的提醒，對於孩子教養的祕訣，教導著Y先生，即使自己曾經是個在上坡路上，完全不被重視、不被支持的孩子，也不能以同樣的方式對待自己的孩子。林珠老師同時也帶了自家中，孫子已經不再閱讀的書籍交接給Y先生。在兩個人訪談互動的過程中，只見Y先生專注地傾聽林珠老師說的每一句話，時而嚴厲、時而溫暖，兩人因為談及一句話、憶及一段往事，相視而笑，那毫無界線的眼神，令人感動。

4. 席間，林珠老師離席與友人談話，Y先生主動告訴我，從出獄後，自己會時時帶著簡單的餐食給林珠老師，是因為，在自己的心中，早把林珠老師看作是母親。無法再對親生母親敬孝的遺憾，願在未來的日子裡，以行動表達對於林珠老師的感謝。這些話，說自一個從小不被家庭、學校、社會重視，沒有被關愛，不善言辭表達的小男孩口中，是多麼的不可思議，就如同武俠小說中，難能一見的絕世救命藥草一般，十分珍貴。

▶Y先生的感謝信

親愛的林珠老師：

時間過得真快，轉眼間與您師生的緣分已十數年。在您一路教誨的路程上，我學會了許多人情事故，而今，我已成家，您亦可以放心，我已不再是從前那個都不懂事，又不交作業的大男孩了！我會秉持一定的信念，堅持做對的事、努力向前，顧好家庭、小孩，不負您對學生的栽培與期望。

年終歲末，老師的回憶錄將出版，也謝謝李淑貞老師，您們都辛苦了！願您們的大愛繼續照亮每個角落。感恩！

不材學生，合十感恩！

2018.12.30.

# T先生與L先生

組織犯罪

93—96年參與讀書會

兩個好朋友，一起走跳，一起闖蕩，一起身陷囹圄，一起參加讀書會，一起遇見林珠老師，一起成長。

參與讀書會的動機，很簡單，在獄所裡面，可以透過定期的讀書會時間，和認識的舊識互相碰到面。*T*先生比*L*先生入獄的時間早了三個月，參與讀書會的時間早了三個月，*T*先生說服*L*先生參加讀書會，也說服了三個月。*T*先生刻意選擇女性老師，有十足十的原因。因為男老師太愛說道理，太高高在上，太男權。獄所外的生活已經布滿了陽剛血氣，充斥著階級鬥爭，獄所裡面的男性即使收斂，男性的氣味還是太多，不管是同學、獄警、行政人員，一面倒的男性，如果能夠選擇，當然選擇女性老師，那跟「母豬賽貂蟬」無關，是一種偶而可以跳脫緊繃的狀態，難得的放鬆。雖然鐵齒的大家，始終不認為自己還需要學什麼，還需要相信什麼，還需要改變什麼，特別是在這裡。人生就是這樣了，不是嗎？如同在這裡等著被定刑的每個人一樣，等著被定型。

對於T先生來說，老師嘛！就是那樣了，說的都一樣。不要再走錯路，要改過自新，不要讓家人傷心失望之類的，反正大家參加的目的就不是要學習，老師說不說，或是說的一不一樣，自然也不用那麼在意。更何況，很多志工老師在獄所這種地方教書，大家在裡面時間長，看多了，看得可清楚了，有的老師們不是真的為了想付出，不是為了想為同學做點什麼。那麼是為什麼呢？這個問題實在不需要問，沽名釣譽者到處都是，沒有那麼稀奇，這就是人性，實在沒什麼好多說的。不過，在監獄這樣特殊的環境當老師，雖然傳出去的機率不高、速度不快，但是寫在經歷上，那可是大大的加分，願意為這群所謂的「社會的敗類」付出的老師，那還不值得好好地鞠躬崇敬。所以，對於獄所的同學來說，大家的目的是來讀書會找朋友交流，不是學習的，和某些老師不是來教書，是來獲益的，兩邊的對價關係也算公平，達到平衡，所以平常心就好。再加上，獄所裡面的獄警和行政人員、輔導人員，到底有幾個人相信大家值得被理解、被投資、被教導，答案從他們臉上輕佻的眼神、微微下壓的嘴角、抬得老高的下巴、交疊在胸口的雙臂，很快就可以看出來，也就是這麼回事。男人嘛！不管在裡面還是在外面，實際一點比較不會受傷，自尊心不值什麼錢。

但這個女老師，每次來上課，都精神百倍、中氣十足，像一個要去郊遊遠足的小學生。到底在熱情什麼啊！這裡是監獄，上課的學生，大家都是殺人放火無惡不作，才會在這裡當「學生」，會在這裡，就是因為沒救了！沒有人會相信我們的靈魂中，還有任何一絲良善的因子。可是，這個女老師，肢體動作這麼豐富，表情這麼多，一下子開懷大笑，一下子含淚哽咽，有沒有搞錯，要演戲，也不用在我們面前演，等長官來巡視，或是有鏡頭在拍的時候再演，這樣才對吧！花那麼多力氣做出這許多工夫，真的不必要。這樣啦！幫妳省點事，讓妳碰碰軟釘子，冷處理，不回應不答腔，下堂課妳就不用這麼用力，跟其他老師一樣就可以了，不用這麼累！大家沒有期待，不會失望，更重要的是，老師上得好壞，我們有沒有收穫，大家的課堂評語根本沒有人會在乎。

奇怪的是，幾個星期下來，每次再見，這個女老師的熱度不減，依舊活力充沛、充滿熱情，每次在課堂上還變出新的花樣，看影片、寫回饋的，而且很堅持。這就讓人充滿好奇了，到底是在熱情什麼？開朗什麼？投入什麼？仔細推敲這個女老師的表情，如果全程兩個小時都要這樣演是會累的吧！看著她跟其他同學的互動，那專注的態度，如果是敷衍了事，這敷衍也敷衍得太認真。根據多年闖蕩的經驗，眼睛最沒辦法騙人，大家都起伏了多少年，看過多少真真假假的眼神，想騙過同學，怎麼可能。可是，看著她的眼神，竟找不到說服自己，她是來虛應故事的一點線索。這太跳脫大家心中既定的想法了！太有趣了！

再者就是，這個女老師在讀書會中不太講道理，沒有高高在上的樣子，就是讓大家讀書讀書再讀書，讀得不是老師自己銷售的書，而是各式各樣勵志書籍、藝術書籍、成長書籍，應該沒有中飽私囊的機會。讀書會中的分享，每個人想講什麼都可以，都不會被批評、被評論、被比較，講完之後，還一定會得到巨星般的掌聲與鼓勵。漸漸的，即使還有少數幾位同學不願意相信，大部分的同學也已經跟這個，每次衣著都鮮豔亮麗，個性親切熱情的老師開始有來有往的交流。

T先生開始上出興味，甚至在後來離開老師，移監的日子裡，也把這樣的讀書習慣繼續保持，甚至當起了小老師，帶著後來移監的同學一起讀書。當然，這未來的發展，對於初初開始投入的T先生來說，是怎麼也不會想到的。這個時候，開始覺得有點收穫的T先生，招手邀請好友L先生加入讀書會，這個過程花了三個月。

L先生是第一次入監，第一次就在獨居房待了兩年，兩年的時間累積下來，這個世界發生了什麼，就跟他無關了。每天就是四面牆和三餐，最多的是自己跟自己的惡鬥。什麼讀書會、什麼老師，不要講那些漂亮話、不要唱那些高調，要讀書，自己會讀，L先生的學歷不低，走到社會談起學歷，絕對可以抬頭挺胸。所以要講道理，先來住住獨居房，先來體驗被孤寂吞噬的感受，如果住過這麼長時間，心裡還可以正面樂觀的像楓樹凝出來的蜜，那就有一點說服力可以來講道理，否則請不要廢話。

正方論辯：進獄所、住獨居房，是自己選擇的路，自然該是自己承受，從現在開始改變想法，改變面對生命的態度，未來的結果就會改變。

反方論辯：講到這裡，有趣了。

獨居房什麼都沒有，時間無限量供應，既然這樣，就來談談「選擇」。選擇，聽起來相當公平，只要是人都有。不過那其實是有錢有閒的人創造出來，好讓自己頭頭是道的動詞。選擇，是需要有條件的，因為擁有條件，所以才能選，如果沒有擁有條件，選什麼？受虐兒有條件離開恨自己入骨，把自己當發洩工具的禽獸父母嗎？除了等著被不同的方式虐死，還能選什麼？被鐵鍊綑綁，像動物一樣豢養的雛妓，有條件離開以女性的痛苦為生計的「老闆」嗎？除了強迫吸毒來被控制、不斷懷孕打胎還能選什麼？渾身髒兮兮的小孩，只是在教室不小心看了眼同學的教授老爸剛從國外買回來的自動鉛筆，眼神中流露出羨慕。在下一刻打掃時間，同學弄不見的狀況下，不用法官來宣判小偷是誰，判的就是髒兮兮窮鬼的小孩，不用陪審員同意，百分之一百是，因為是窮人的小孩。有條件否認嗎？除了開始學著接受這個世界，就是以金錢決定人格的唯一標準之外，還能選什麼？

所以，不要再說「選擇」了，沒有條件的人，手上沒有這個動詞。要談公平，請先讓那些不愛自己孩子、不教養自己孩子、對富人友好、對身分輕視、將金錢建築在他人痛苦的人，先受到公平地承受，也許*L*先生就會心平氣和、虛懷若谷的來到讀書會，仰頭企盼老師的教導，留下懺悔的眼淚，說：「我從此會改過自信，相信世界的美好。」但是，誰都知道，這世界不會改變，就是這麼回事，所以公平一點好嗎？不要叫沒有自由、沒有選擇、沒有條件的這群，你們認為是浪費公帑、社會害蟲的人，先改變。

於是，反方結論：讀書會，少來！

正方代表是一個女老師，看起來很兇。

笑死人！看起來這麼兇，還要來教化大家，還肖想春風化雨。要不是看在妳是女的，「兇」，大家還能輸妳嗎？要不是看在T先生三個月的邀約，說得有模有樣，說得像是這是個寶藏盆，只要參加就可以有收穫，誰要來看妳這張兇巴巴的臉。在這裡，時間根本不是問題，多到心慌得去了，可是，聽人說教仍舊是最後的選項。人心，髒得很，正面的沒有，負面的太多，所以，可以少接觸人，即使時間多，還是要少接觸，終究，自己的苦痛、自己的困難、自己的心情、自己的糾結，有時候連自己都不是那麼明白，怎麼能奢望他人理解。說到底，對於人，期待之下的失落，已經太多太多，實在無法再承受多一點，那怕千分之一克，也足以壓垮花了很多力氣、努力建造起來的堡壘。所以，如果不是想見見T先生，和其他的舊識，真的不願意以學生的身分，踏進陌生老師的領域，踏進人的領域。

基於這樣如同千層派的心理狀態，決心不配合老師的課程，是自然的發展。於是，很多時候，L先生根本刻意不參與完每堂的讀書會，總是把會面的時間安排在每個星期三下午，所以讀書會的中間，常常先行離開。反正沒什麼好聽的，有見到T先生，講到幾句話，這樣已然達成目的。不過即使每堂課參與的時間短，當其他同學輪番上臺發表時，即便L先生只是在臺下冷冷的看著、靜靜地聽著，也能感覺得到，這堂課的氛圍，和想像的不一樣。這個看起來很兇的女老師，似乎用一種奇特的節奏，引領著班上的同學。為什麼這樣說？L先生非常會讀書，讀的書都相當艱深，基於閱讀以及自己人生過程的淬鍊，感受周遭環境的氛圍，這樣的能力還是強的。也許與其他同學的熟稔度，不若與T先生熟，但是其他同學在臺上說得真摯與否，聰明如L先生，也能判斷七、八成。而T先生上臺說的內容是否發自真心，身為他多年朋友，L先生完全聽得出來，幾次，甚至說到哽咽、無法言語。這是怎樣的力量，讓這些身上充滿故事、布滿傷痕的「哥」，能夠在眾人面前，活生生的解剖自己。要知道，這些同學褪去身上的制服，除去胸前的編號，大家都是各據一方的強勢領袖。

T先生與L先生都是善於觀察，見過許多場面的。不過如果說，T先生是重砲榔頭，L先生就是最後塑型的銳利銼刀，T先生如果是孫權，L先生就是諸葛亮。所以，穿透人心的功夫，是L先生長久以來的強項。看著這每堂讀書會，如同戲劇般的一集一集上演，課堂中的演員，從試鏡菜鳥，一次一次的磨練成老練的資深演員，唱作俱佳，真情流露。導演是這位女老師，用正面無比的態度、以身作則的姿態引領同學，朝奧斯卡邁進。

記得有一堂課，老師要教大家跪拜懺悔，那天老師穿著長版淺綠色上衣，筆挺的白色九分褲，老師講著講著，竟二話不說，乾淨利落的雙膝跪下，示範動作給同學看，後面什麼動作，說了什麼，*L*先生已經不在乎。*L*先生的焦點，就如同戲劇鏡頭中，不斷的推進聚焦在，白色膝蓋墜落在獄所灰黑的水泥地面，落地的同時，地面上的灰塵，隨著落下的力道，同步像羽毛一樣輕盈彈起。這個墜落的畫面，不斷不斷地在*L*先生的眼前重複。而隨著老師手舞足蹈說明著動作，膝蓋不斷地移動與地面摩擦，白色的褲子，開始吃進了鋪陳在地面上的落塵，毫不猶豫。*L*先生的防備，也開始吃進老師的節奏，毫無招架。

從那次之後，*L*先生都可以全程參與每次的讀書會了，因為，被允許了，被誰允許了？被自己允許了。*L*先生開始請人避開星期三下午的時段來獄所會面，在裡面的時間多到翻過去，就是星期三下午不能動。真正開始專心參與的時候，*L*先生發現，老師給同學的回應，幾乎沒有負評，都是正面的詞語。當然，有的同學說的道理根本不是道理，說的委屈根本算不上是委屈，那是長久以來，在扭曲的生活、扭曲的家庭、扭曲的情感中，塑造出來的個人道理、個人主義。即使不是輔導專家，不是心理醫師，也聽得出來偏得離譜。即使如此，老師仍舊不會多說什麼，仍舊是用正面的鼓勵、正面的觀念來引導同學。這件事，老師只要有耐心，做個三、四次，絕對沒有問題。可是，要持續三、四個月，聽大家總是說著一樣的委屈、一樣的偏激，老師卻還能夠保持著耐心，維持著爽朗的笑容，認真傾聽的眼神，如果不是真的相信大家，相信每個人說出口的話，L先生覺得，這絕對做不到。

如果，獨居房的兩年，可以考驗自己對人性的落寞，那麼這位女老師在三、四個月中，持續展現的熱誠與真摯，也可以證明，她是用自己的生命在陪伴著大家，如同跪在地上的白色長褲，無法掩飾、乾淨純粹。L先生開始記住了這個女老師的名字，這個看起來很兇，笑起來很傻，說起話來很用力，穿的服裝都很亮麗，沒有背景，很愛幫助人的女老師，叫做「林珠」。自此開始，每個星期的讀書心得，L先生寫得洋洋灑灑，甚至也回饋自己正在讀的書籍。林珠老師真的很真，因為林珠老師會坦誠地告訴L先生，他推薦給老師的書，有的太艱難，林珠老師其實看不懂，這又讓L先生覺得有趣了。哪一個「老師」，尤其是獄所的老師，會跟同學，跟這群「歹人」，承認自己不懂。這樣的「可愛」，讓L先生更加投入讀書會的參與與推動。

看到L先生的改變，T先生感同身受，彷彿早就知道，改變是遲早的事。於是，兩位好朋友一起自律的，每週寫功課，每週參與讀書會。規律的閱讀、書寫心得的往返習慣，甚至到後來，在獨居房或是移監了之後，師生的聯繫往返仍舊持續了數年。讀書會中當然不止這兩位，林珠老師毫不保留的付出所有的力氣，關懷著每一位同學。所以即使同一時期的數名組織犯罪者，是當時獄所警戒的頭痛人物，屬高度列管對象。主管、獄警們都緊盯著，深怕一個漏失，就造成嚴重的後果。不過，誰也沒有想到，因為這個讀書會的課程，一個由名不見經傳的林珠老師帶領的讀書會，卻發揮了這麼大的穩定力量。

根據後來離開監獄，身分不再是高牆內的「同學」，而是形形色色的社會人士的其中之一，並在數年內成為公司經營者的*T*先生與*L*先生回憶，當時林珠老師對於他們的耐心與真誠，讓他們這群在獄所裡得到很多緊迫關注的群體，自發性地決定要好好表現，絕對不能讓林珠老師失望，更不能讓林珠老師丟臉。因為，一個不求名、不求利，沒有顯赫家世，沒有人情壓力，就是一個上班婦女，一個退休老師的妻子，一個擁有平凡家庭的老師，跟大家沒有任何關係，也不是為了求取政治，或是事業上更好的發展，只是一個再平凡不過的老師，她都可以這樣付出，這樣相信同學，跟著大家笑、跟著大家哭。雖然說，是她自己要來的，不像大家是被執行進來的，大家大可不必替她想太多，但是大家把一切真實的感受放在心裡。這個世界，也許很多輕輕重重的條件，都相當的不對應，但是對於愛的感受，不管在牆內牆外，效果都大到難以想像，足以穿透世界上任何一座有形無形的堅固城牆。對於感受深刻的同學來說，唯一能夠回饋的，就是好好的學著自律。於是，當時那段不短的歲月，獄所主管或是獄警都沒有花太多力氣處理紛爭。

大家自律的接受著林珠老師的愛，也試著回饋感謝的心意，以行動來回饋，於是，一切平平靜靜的。「高度列管」四個字，給人警戒、恐懼、緊繃、黑色之感。「愛」

一個字，帶著溫暖、信任、放鬆、包容、如同紅色的溫度，輕輕鬆鬆的瓦解了當時的狀態。愛之於列管，輕輕鬆鬆，但是，林珠老師之於讀書會中的每一位同學，實實在在的費盡心思。所以，這個平平靜靜，得之不易。

L先生與T先生都提到，在看守所裡面的人，唯一關心的只有一件事，就是刑罰的輕重、刑期的長短。判多久？多久之後可以假釋？不論年齡，不論背景，換上這身白色上衣、灰色長褲、藍白拖鞋的人，心中就只有這件事。所以，很難能夠靜下心來，讀書也好、談話也好、做工也好，根本不太能夠有收穫，就只是漂浮在空中，無神地等，如此而已。但是，透過讀書會中的閱讀，與林珠老師建立起的信任、深度的分享回饋，L先生與T先生開始放下未知，專注地活在當下，專注的學習、鍛鍊、沉澱，為一定會來到的將來做準備。L先生自信的說，從開始真正參與讀書會到假釋出去的這段不短的日子中，他沒有一天想過判決，只專注的面對當下的每一刻。由於這樣累積準備著，讓他離開獄所、脫下制服、恢復名字稱謂之後，立刻可以無縫接軌的展開新的人生。完全沒想到，這場被拾回的人生，就只是源自於林珠老師，一個小女孩的真誠、熱情、正面、認真。如此貴重的獲得，也是L先生與*T*先生在與尚在裡面的朋友面談時，積極鼓勵他們的話語，他們本身就是讀書會成功、林珠老師陪伴有成的印證，所以這股改變的力量，持續發生。

對於自信，*L*先生也深有所感地談到，「自信」對於獄所的同學來說，是一件遙不可及的夢想。也許有人會說，用遙不可及這樣的形容詞，是不是太誇大其辭。反駁的人會說，就算同學當中，有部分的人在成長的過程裡，是在不健全的家庭中長大，沒有受到良好的關注與教育，但是不可諱言的，獄所的同學，也有不少是高知識分子，擁有一證難考的證照，所以怎麼會是遙不可及呢！有的同學，甚至可以說是不可一世呢！那麼，這樣說明好了：湯圓、元宵、麻糬，三種都是食品，都是類似的原料製作而成，但是卻是用在不同節氣，搭配不一樣的食材，所以如果要真正講究的來分類，是完全不同的食物，食用起來的口感也不同。自信、自卑、自傲，都是人類情緒認知的一環，相當類似，這些認知發展的源頭，有時候幾近重疊，與親子教育、學校教育、同儕互動、人際學習、自我認同有相當密切的關係。如果不是學習心理學，或是在靈性上面有修習的，一般來說，其實分不太出來。但是這三者形容人類情緒認知的名詞，往往在關鍵時刻，產生的作用與結果卻是大大不同。

透過每週每週的讀書會，每一堂課，每個同學都需要上臺發表，一開始也許怯懦，但是隨著林珠老師正面的引導、真摯的鼓勵，每個同學在這樣的過程中，得到支持、讚賞與肯定，進而更加認真地閱讀、深刻地閱讀。再加上，每週都必須繳交的閱讀心得，在同儕壓力與林珠老師殷殷期盼之下，每個同學都乖乖的繳交功課，自己當然也不能落於人後。心得內容則從開始的表面功夫，到後來搭配臺上的發表與認真的深度閱讀，再聽到其他同學自我剖析的分享，於是，讀書會後期的書寫內容，越來越接近真實的自己，越來越不害怕被知道，越來越不擔心被評論。面對過往的錯誤、過去的人生，漸漸地能夠反省，也漸漸地找到調整的方法。更甚者，對於林珠老師、同學們的建議與指導，產生了虛心接受的能力，並且相信自己做得到，相信自己有能力改變。

在讀書會中，透過閱讀的內容、透過同學的人生故事、透過真實動手去書寫，過程中的每一個組成的因素，都成了學習的對象。看似只有一位林珠老師如此單薄簡易，其實每一位同學、每一本書、每一堂作業、每一次傾聽，都是一位珍貴的老師。*T*先生就是因為每週書寫閱讀心得，以及整期的讀書會結束，自己移監後，與林珠老師書信往返，從大字寫不出幾個，歪歪醜醜，成長到一整面信紙、兩整面信紙，字跡工工整整，仿若印刷字樣。這樣的過程，形成了一種良性的群體循環。

切實閱讀、繳交功課、輪流發表，這長期規律的累積，形成了自律。在自律之下產生許多行動，諸如：省思、傾聽、觀察、同理、尊重、等待、接受、反省、克制、謙虛……。這些種種行動，造就了「自信」。「自信」是人類行為、社會運作中，相當重要的一環。「自信」可以協助實現個人，可以促進家庭與社會發展。「自信」與自卑、自傲相當接近，但是絕對截然不同。通常在一個人成長的過程中，「自信」能夠滋養的環境，不外乎是家庭、學校、社會，這些環境在人格養成期，扮演相當的重要角色。而獄所裡的同學，能擁有這些良好環境的機會是少之又少。所以鮮少有同學能夠擁有自信，大部分的同學擁有的，都比較接近自卑或是自傲。更何況一般來說，在這些環境中的培養，需要多方配合且一定要長時間累積，這不是做塑膠袋或是鳳梨酥，沒辦法幾個小時、幾天完成。自信的培養，絕對無法在短時間內看出效果，但是，一旦形塑成熟，擁有真正自信者的人生，一定可以在混亂、充滿誘惑又異常艱辛的社會中，不用法律、不用條款、不用鐵窗、不用手銬，做出困難但是正確的選擇。

「享受真正自由下的選擇，是多麼美好。」L先生這樣感嘆的說。這個感嘆，發自靈魂深處。

歷經了看守所與監獄八年多的時間，出來以後的生活和社會中的每一個人沒有不一樣，成家之後自然渴望立業。那時候，L先生回到有名有姓的生活剛剛滿一年，新婚生活，口袋只有八千元，非常急著創業。有一筆正當生意，估計淨利十幾萬，剛好可以支付年邁母親更換人工膝蓋的六萬元費用，還有餘能夠給新婚妻子家用支出。但是，在醫院探視母親的時候，恰恰得知好不容易談成的這筆生意，沒著落了。L先生是有兄弟姊妹的，過往的友人也持續招手，但是對於母親的心意，卻完全不想假手他人，一心希望自己的肩膀，可以成為家人的依靠，畢竟八年不在大家身邊的日子，這輩子在情感上的虧欠，應該還不完。但是在接完那通如同雷劈的電話之後，L先生站在醫院庭院中的大樹下，思及自己已過而立之年，卻連照顧家人的能力都沒有，這區區六萬，竟完全拿不出來。當時微微濕涼的空氣、樹葉迎著風搖晃的聲音、天空中懶散錯置的雲朵，瞬間將自己拉回獨居房的高牆，仰著頭無語，熟悉的禁錮感沒有不一樣，人生始終很難，深刻的感受著未來的路，如同遙遙無期的黑暗，不禁潸然淚下。

在當時，也不是真的沒有辦法。有另外一個簡單的選項，能夠立即解決當下的困難。遠地的一筆生意，淨利兩千萬，方式熟悉、過程熟悉、人員熟悉，生意上的風險值幾乎是零，只要點頭，過往的資源立刻上線，運作起來，就如同洩洪的水庫，氣勢萬千。但是，生意的風險雖然低，賭上自己人生的風險值，卻高到自己賠不起，除了賠上自己的未來，還要加上剛剛完成的婚姻與八年高牆的虛度。

可是，還有別的選擇嗎？

選擇，聽起來相當公平，只要是人都有。不過那其實是有錢有閒的人創造出來，好讓自己頭頭是道的動詞。選擇，是需要有條件的，因為擁有條件，所以才能選，如果沒有擁有條件，什麼都不能選。

所以此刻，答案很清楚，沒有條件就沒得選，也可以說是只能選。

開始參與讀書會的初期，由於目的不在參與，而在與過往的朋友，藉由讀書會的時間，在獄所見面交流。所以，當後來真正想參與讀書會時，初期的動機衍生出來的行為，卻讓自己再次進入獨居房。二次回到獨居房的*L*先生，與前一次相較，這趟的平靜多了一點。腦海中一直浮現的，是讀書會中同學一起讀書、林珠老師認真傾聽、諄諄善誘的畫面。面對自由的雙重剝奪，不再那麼憤慨、不再那麼不知所措。雖然獨居，但是讀書會中使用的書籍、自己抄錄的些微筆記、林珠老師的真摯回信，在獨居房只有四面牆與空氣流動的空間中，塞得剛剛好。有一晚，在獨居房中翻閱筆記時，有一句話緊緊抓住*L*先生的心思：「會在這裡的同學，都是因為一個字，『貪』。」當時林珠老師為什麼說出這句話，已經不太記得，而且，在筆記上的這句話後面，還打了一個問號，足見在記下的當時，是不明白也不認同的，事實上，也不想懂。但是，此刻這句話，卻如醒鐘般敲響了*L*先生自己的心音。

不就是這樣嗎？因為「貪」著與舊識見面交流，才參加讀書會，因為「貪」著獄所之外的自由，才會刻意把親友、律師的面談都安排在讀書會的星期三下午，因為「貪」著便利、快速的成功之道，「貪」著眾人的肯定、仰望，「貪」著與眾不同、「貪」著讚賞、「貪」著舞臺，所以今天在這裡。完全沒有選擇、沒有自由可言。但是聰明如*L*先生，怎麼會不能領悟，思想的自由，誰也奪不走。於是，真真正正思想的洗滌與鋪陳，在失去一切的時候，正式開始。*L*先生開始認真地讀進書本裡的文字、讀進筆記本裡面的文字、讀進林珠老師回信中的文字，最重要的是，讀進自己思想中的文字。此刻真的沒有條件選擇嗎？

自由在思想中徹底飛翔，無拘無束。

在醫院庭院中的大樹下，當時微微濕涼的空氣、樹葉迎著風搖晃的聲音、天空中懶散錯置的雲朵，瞬間將自己拉回獨居房的高牆，仰著頭無語，熟悉的禁錮感沒有不一樣，人生始終很難，深刻的感受著未來的路，如同遙遙無期的黑暗，不禁潸然淚下。熱呼呼的眼淚滑至唇邊，鹹鹹的滋味，敲醒著自己，大樹無條件的任人遮難，空氣無條件地漫布所有的空間，供萬物成長，自己的心臟無條件的跳動著，氧氣藉由血液的運送，依舊無條件的支撐著自己的思想。林珠老師這麼多年來的教導，將自己的時間、精神，選擇用在這些冥頑不靈的同學身上，除了無條件還是無條件。

*L*先生想，我的沒有選擇，和林珠老師的選擇，到底怎麼相比？我的沒條件，和林珠老師的無條件，到底怎麼償還？

原來，我還有選擇，我還有條件。

*L*先生決定，不再「貪」，不再貪快、不再貪輕鬆、不再去貪圖，閃避人生中所有的試煉。除此之外，*L*先生和*T*先生決定此後的人生，要聽從林珠老師的叮嚀，堅持做對的事。他們一起定下年限，決定一定要一步一腳印的，成為林珠老師，這麼多年來的監獄志工生涯上，值得欣慰的回憶。這項承諾，真真實實的、穩紮穩打

的，實現了。「自律是自信的基礎。」L先生說。擁有真正自信者的人生，一定可以在混亂、充滿誘惑又異常艱辛的社會中，不用法律、不用條款、不用鐵窗、不用手銬，做出困難但是正確的選擇，這才稱得上是真正的自由。這分自由下的選擇，實在美好。

在讀書會中，習得的自律，成為了數年、甚至數十年的高牆歲月中，最珍貴的寶藏。除此之外，還有一樣無價的寶藏，即是無所求的付出。「志工」，是從來沒有在他們的生命中出現過的名詞，也不可能明白其中的深意，但是在林珠老師以「教誨志工」的身分，出現在他們的生命中開始，林珠老師無所求的付出，所帶來的影響，卻是難以言喻。這些付出的動力，到目前為止，L先生與T先生其實都還不那麼明白。曾經，自己也幫助過別人，但是那些幫助的背後，都有著為自己利益著想的動機。但是數十多年了，林珠老師的付出，竟沒有一絲一毫的雜質，所以，姑且來理解「志工」這個名詞，若要解釋起來，應該是深層的「惻隱之心」吧！而這分單純無比的心意，竟大大地徹底地，扭轉了他們的人生。於是，跟著林珠老師的腳步，如今L先生與T先生離開高牆已經7、8年，是建築相關事業與文創事業成功的經營者，除了在自己的人生軌道上，結婚、生子，兢兢業業地前進之外，更是林珠老師公益事業的助力。這是十幾年前，著制服、別名牌、夾著拖鞋、無姓無名的自己，從來沒有想過的安穩人生。這一切，不是說一句感謝，不是穩穩的過自己的人生，就足以回饋的。

*L*先生說了一句相當窠臼的話：「總有一天，一定要讓林珠老師以我為榮。」這句話，寫在小說裡，在文學評比上，實在是大大的扣分，但是，寫在教誨志工與更生人的真實故事裡，卻是如同等待了一整個白天、一整個黑夜之後，綻放的跨年煙火，如此暢快美麗。

⋮

## 筆者側寫

1. 此次訪談的場地是在L先生的辦公室，那是雙北諸多科技園區中的其中之一。偌大的辦公室，井然有序的陳設。一張大器的辦公桌，正對面是招待來客的大型茶桌，辦公室的牆面上，有兩幅大型毛筆字掛圖，其中一幅寫著「忍」。在蒼勁有力的「忍」字下，L先生緩緩的說著過往的故事。他說「堅持」，是林珠老師不斷給他們的鼓勵，所以，自己和T先生，才能擁有今天的一切，包括自己的體態。我見L先生以纖細的身形，坐在大型原木茶桌的一角，面對著辦公室的入口，舉手投足，像個掌控軍艦的將軍，沒有人會質疑，有什麼事是他做不到的。T先生則和林珠老師比鄰而坐，在L先生說故事的時候，兩個人閒話家常，沒有間斷，我必須打斷他們之間的熱絡才能對T先生提問。這場訪談，像極了年節的家族聚會，信任、自在、祝福、感謝，在空氣中不斷流轉。

2. 採訪過程中，林珠老師不斷稱讚L先生聰明，也一直提起當時L先生推薦給自己看的書，自己完全看不懂的事情，對於L先生能夠按部就班地完成自己擬定的計畫，甚感驕傲。林珠老師則是一直對於T先生願意協助許多更生人的善行，給予高度的肯定。不時地說T先生很熱心，很願意幫助別人。講到這裡，兩個已經是老闆、經歷了無數人生歷練的男性，突然像兩個調皮的大男孩，糗著林珠老師說：「到底是誰最熱心？最愛幫助別人啊！」於是，熱鬧開朗的笑聲，布滿了辦公室，開啟這段珍貴情緣的冰冷高牆，彷彿從未存在過。

3. 有一件事，T先生與L先生，對林珠老師有一點點微詞。那就是，在讀書會順利上軌道之後，他們有一個感覺，林珠老師對於他們跟她開的玩笑，常常處在聽不懂的狀態，一次聽不懂，兩次聽不懂，他們就不想再說了。後來T先生和L先生明白，老師雖然像個小女生，但是，是個骨子內外都超級認真的小女生，實際上沒什麼幽默感。對於這樣一個，每一句你說的話都認真以對的老師，哪怕是極刑犯，也一視同仁的認真老師，他們除了理解也更加尊敬。講到這裡，林珠老師自嘲說：「每個人本來就不一樣嘛！我不會，可是我學啊！這樣我又多一樣會的了！」這時候，認真的小女孩又出現了。

從來不知道讀書会這麼有趣，猶記93年冬第一次參加讀書会，原本是想出去透透氣打發時間，卻沒想到竟然愛上它。第一次上課老師竟和同学起了爭執……爭到最後老師用"築夢踏实，一步一腳印"完勝！原來讀書可以這麼有趣！一本書每個人讀完之後的感觸心得啟發都不盡相同，在经过讀書会的交流討論碰撞出的心靈火花，讓每個同学都得到滿足與啟發，而其中的靈魂人物就是我們的林珠老師，老師的諄諄善誘引領著我們走出封閉的自我，放開拘禁的心靈，讓大家可以在這寂冷的圈圍中海闊天空的遨遊，也讓我不再坐井觀天，体会到心靈的昇華！感謝您！林珠老師！

獄中几年，林珠老師在讀書会上常念叨兩句話：
"命好不如習慣好"、"人不要貪"，让我從心改變
脫胎換骨好几次！
思想指導行為，行為變成習慣，習慣化為性格，性格成就
命运。命好不如習慣好，說穿了就是改變思想、观念
正確而已！什麼是正確思想？天理而已！口渴喝水
肚子餓了就吃飯，詐騙、性侵等等，心裡能安嗎？
心若不安，代表老天的懲罰在等著了！
"人不要貪"，不只爭錢、爭權、爭名是貪，爭面子更貪！往[illegible]
再插，爭時间、个性急都是貪！十次車禍九次快，
急著報准假釋不也一樣？"時间"是人世间重要的一門
功課，悟通"不要貪"之後，忽覺步伐輕快，人生道路
竟是如此坦蕩、風景壯麗！
感恩生命中的貴人林珠老師多年的鼓勵、提攜，
让我順利通過魔考，心性上的精進喜悅自己最
清楚。福禍相倚，如何轉禍為福，如何惜福持盈保泰，
林珠老師給了我方向了！再次向老師致敬。

學生 敬上
2019.1.26.

# 閱讀一本「人生之書」

106. 教誨志工／林珠

參與矯正署矯正機關的教誨志工即將邁入20年之際，卻在今年6月分戒毒班上課時，因一句「俗仔」的玩笑話，竟然被這位吸毒的同學以「公然侮辱」而提告。加上承辦戒毒班的同仁，認為這群吸毒的收容人不值得老師再為他們付出心力，要求我停止上課。我是一個喜歡面對問題解決問題的人，沒想到因為這個事件，不但沒能讓我面對解決與釐清，反而要我當個逃兵，讓我覺得非常受傷與難過。讓我在這19年的教誨志工生涯中，留下不可抹滅的心痕與遺憾。

老天無口藉事開口，我覺得是老天爺要藉此事件來提醒我，「我需要增長智慧、我需要改變，我不可以再自以為是的堅持『愛與教導』一定可以感動他們，讓他們遠離毒品。我忘了『佛度有緣人』及智者曾提醒我『人是不可被教的』。」因此我強迫自己靜心、沉澱、反省與懺悔，經過一段時間的覺察與體悟，雖然還是有些不舒服，但是，我仍然選擇不忘初衷，繼續再讀我的這本「人生之書」。

以下分享這19年來，在矯正機關擔任志工所閱讀的這本「人生之書」可真是豐富啊！

民國86年士林看守所剛搬遷到土城，87年即接受戒護科葉碧仁科長的邀請進入該所帶領讀書會。我將讀書會取名為「養心讀書會」，期盼收容人能在囹圄的生活中，藉由書香的薰陶，帶給同學的心靈慰藉之外，在失意的時候，可藉由書香萌生希望；在挫折的時候，可以激發士氣；在休閒的時候，可以當它是娛樂；最可貴的是，可以學著潛心反省，從「心」出發，找到「重新」出發的原動力，開啟高牆內的書香之窗之外，也可培養閱讀的好習慣。

帶領讀書會也是一個挑戰，記得，第一次帶領就踢到鐵板，有一位碩士學歷的吸毒同學，故意挑釁與惡作劇，甚至以不屑的態度，趾高氣昂的質問：「老師！妳有博士學位嗎？有多少本事和我們討論？妳有幫派經驗嗎？妳憑甚麼教化我們？」等等。說實在，當時也不知哪來的勇氣與智慧，她的惡劣態度並未讓她得逞。我以真誠關懷及親和的態度包容、同理她，竟然感動了她。在往後的課程中，她從排斥、惡作劇到安靜聆聽參與，進步到侃侃而談，真誠的分享。這麼難纏的同學也能有所改變，讓我信心大增，我是可以接受挑戰的。當然除了高學歷的同學，也有識字不多的同學參加讀書會，有一位年齡稍長因互助會詐欺入獄的收容人，帶著膽戰心驚的心情參加讀書會，在她即將出所的最後一次讀書會，用臺語分享了當時參加讀書會的心聲和收穫及感謝老師。她說：「我識字不多又不知道要說什麼？每次上課都很害怕老師叫我說話，偏偏老師還是叫我分享，我真的不知道要說什麼，而老師總是耐心聽著，不停的引導甚至幫忙澄清，讓我了解問題的癥結，我更喜歡分享後，老師的抱抱回應，謝謝老師！讓我勇氣倍增。」一聽到同學們的回饋與感謝，看到同學們進步與改變，那分喜悅之心真是難以形容。就是這分真愛的陪伴，讓我在民國

90年再又多了，進入臺北看守所帶領「觀心讀書會」，讓高牆讀書會成為收容人在囹圄生活中的精神食糧補給站！

在「養心讀書會」、「觀心讀書會」有了些許的成效，我開始思考，除了讓收容人在閱讀後的分享之外，如果也能聆聽到不同學者、專家及作者的演講與互動，那同學們的收穫與感動、改變一定會更多。有了想法就得馬上行動，我除了向熱心人士募款捐贈書籍之外，也籌募經費，贊助講師車馬費，讓籌辦每季一次的「高牆裡的『心』希望」生命教育系列活動能夠持續至今。

記得，當時我們讀書會正在閱讀最夯的《乞丐囝仔》一書，我便邀請作者賴東進先生親臨士林看守所演講，賴東進先生唱作俱佳的演講與互動，得到非常大的迴響，讓很多收容人因此而懂得珍惜與感恩！有了第一次的成效，覺得很有成就感。因此，從88年起，除了定期在臺北女子（士林）看守所、臺北看守所舉辦高牆講座之外，從北部延伸到中部再到南部，甚至遠到綠島監獄、泰源技訓所、澎湖監獄等監所，讓偏遠地區的收容人也都能有心靈的薰陶的機會，我都一一去過辦理「高牆講座」。對於自己那分堅持「做對的事」及「散播愛與善知識」的行動與念信，感到非常開心，而受益最多的其實也是我自己啊！

民國96年臺北看守所成立了「立德電臺」，當時任內的謝豐興所長，因曾在東南部的監所與該地方廣播電臺合作製作廣播節目，頗受收容人喜愛，且節目播出後，收容人的違規事件明顯減少，顯見廣播教化是有效的。因此在北所電臺規劃之初，經費尚無著落時，我自告奮勇的協助找資源籌措經費。感謝財團法人顧氏文教基金會秉持著關懷收容人之愛心，捐贈所需之廣播器材，解決了電臺經費不足的問題。在節目製作方面，除了要配合收容人想聽、願意聽的原則，王之后小姐便規劃了多樣性的節目，內容有音樂性質的〈音樂盒〉；心靈成長的〈心中藏寶圖〉、〈魔法圖書館〉、〈真心看世界〉；人生經驗的〈人生好好〉、〈心靈桃花源〉；語言能力的培養〈大家說英語〉等等。我很幸運參與了廣播種子人員培訓，也主持了心靈成長的〈心中藏寶圖〉節目，讓我多了一項新的學習與挑戰，豐富了我的人生。

時間過得很快，一晃「立德電臺」五週年了，王之后小姐為了慶祝「立德電臺」五歲生日，特別籌劃了「行動錄音室」的活動，藉由電臺的節目主持人與收容人面對面分享經驗及相互回饋，讓收容人瞭解電臺節目內容意涵，並感受廣播志工的陪伴與關懷，有效提升教化的功能。由於她的用心，讓我非常感動，期盼活動能順利舉辦，我依然自告奮勇的協助籌募經費，讓「立德電臺」在五歲生日之際，有了美好的回憶與記錄。

歲月在不知不覺中溜過，第一個五週年過去了，因為有王之后小姐的堅持守候，讓「立德電臺」明年就會有不一樣的10歲慶生活動。「立德電臺」雖是所內的電臺，但也是收容人在囹圄生活中的另一項精神的食糧。

回顧這19年來的教誨志工生涯，除了北所、北女所定期每週一次上課之外，94年起我加入桃園女子監獄及臺北監獄的教誨志工，以個別認輔收容人的方式服務，更是讓我再讀一本「傾聽與讀人」的挑戰之書。

當然最要感謝的是我的另一半，每次我去監所上課，都有他的開車溫馨接送，無論是土城、龜山、龍潭，每到一個地方，我進去上課，他便四處去流浪、去附近逛逛走走，等著我下課一起回家。雖然總會覺得不好意思，但是，一路上我與他分享著上課的心情，他也分享著他的看法，這不也是另類的夫妻溝通的談情說愛最佳時間。

再次感謝我的家人，因為有他們的愛與支持，是我的靠山，讓我有力量與能量繼續堅持散播「愛與善知識」。感恩！再感恩！

第五章

# 停不下來的路

# 停不下來的路

這段路，走了22年，腳步沒有變慢過。

2018年，那天是八月的豔陽天，林珠老師依照慣例，到了臺北看守所。每個星期三，例行的課程，有時候是讀書會、有時候是戒酒班或是戒毒班，不論是什麼課程，老師熱切的心都一樣。臺北看守所，應該是林珠老師除卻自己家，和臺北市婦女會兩個地方之外，平均造訪次數最多的地方。林珠老師對於這裡很熟悉，所以腳步很快，如同急駛的高鐵直達車，不想浪費一分一秒。

下午一點鐘不到，已經有好幾位志工老師，在有著「天下第一所」之稱的臺北看守所一樓集合，等著由所方人員帶著大家上樓。大夥兒沿著曲曲折折的走道，因為上課的教室要到三樓，一臺大大的載貨電梯，瀰漫著夏日高溫、汗臭、與飯菜的油煙結合的味道，這臺平常載著同學三餐飯菜的大貨梯，還坐不下所有的志工老師，於是，有的老師選擇爬樓梯上樓。原來在這個社會運作的每一天，有很多人花了大量的口水來謾罵，有很多人急欲激起不同立場的人彼此對立，有很多人鑽研著怎麼獲取不義之財，可同時，在這個社會運作的每一天，也有一群「教誨志工」，每個星期三，割捨個人慾望，在這裡集合，希望為社會中，被隔離起來的這群人做點什麼，讓他們再次回到社會中，面對一次一次人性的考驗。這群老師拿著各自用心準備的教材到了三樓，跟著所方人員，再沿著長廊曲折蜿蜒一次，便進到各自的教室，面對各自的同學。

每間教室的同學，有著不同類型的屬性，也附著著一樣的人生狀態。這什麼意思呢？每間教室以犯行或是目的，為簡單區分，例如：都是酒駕判刑入獄，或是吸食毒品判刑入獄，或是佛學班、讀書班，因為刑責的不同、課程目的的不同，而分在不同的教室，跟著不同的老師學習，跟社會的運作一樣，不是一就是二，一定要找到一樣歸類，才是正常。而一樣的人生狀態是什麼呢？過去一樣的狀態是，在這些同學成長的過程中，絕對無法稱之健康也不是安全，並不是說他們都是出生於貧困的家庭，而是說，家庭以及學校給予他們成長的環境，並不健康，沒有供給人格淬鍊中，相當重要的諸多養分，例如：面對挫折、接受失敗、完整陪伴、潛能引導……。每個同學的過去都不一樣，不過這些人格養成的營養匱乏，絕對是一樣的。而現在一樣的狀態是，每一個受刑人，目前都像處在夜晚的深海中，載浮載沉，張著眼睛只看見黑暗。從海中仰頭，穿透海水看到的月亮，朦朧的使人迷茫，看似真實卻無比虛幻。越想在海中抓到定點，讓自己得以倚靠停留，伸出手卻只是加劇的失衡，抓不到任何的依靠。越想開口說點什麼，越想喝點平凡的白水，卻只是被鹹鹹的海水，嗆到鼻腔發酸、氣管發熱，連維持呼吸都難。於是只能盼望著每一位走進教室的教誨志工老師，遞上一根管子，給自己一點空氣，亦或是嗆怕了，便根本沒有盼望，只想等著吐完胸腔中最後一口氣，等著抽搐、等著無意識地漂浮。

教室裡面，白色的牆面上，濕氣與油漆不共戴天，形成了斑駁。這群同學的人生，隨性與律法不共戴天，形成了桎梏。灰白色的鐵窗上，形狀不一的鏽蝕密布，鐵條筆直地畫出了中央的十字圖形與四方的正方形，圍成了大大小小不同的直角。兩大片的鐵窗中央，掛著一個老舊的時鐘，那鐘太不特別，不特別到即使看過，也完全不記得它的樣子。秒針沉重的、規律的移動，善盡本分，吟唱著人生無奈的歌曲。幾臺舊式的金屬電風扇，喀滋喀滋的轉著，在悶熱的八月天，很認分地轉動著濕氣沉重的空氣。七八張長桌，同學安安靜靜、三三兩兩的坐著。這就是高牆內同學的教室，是他們生命中罕有的正規學習。而這一切組合而成的色調與氣息，像極了一幅梵谷的自畫像，灰黑沉重，只是少了炯炯有神的眼。

三個月一期的戒酒班，從原本的20位同學，到現在課程進行了三分之二，出所的同學超過一半，教室中剩下9位同學。同學穿著一致的灰色上衣、藍色短褲、藍白色拖鞋，灰色、藍色、白色皆帶有冷凝的氛圍，不知道是不是這樣的關係，大家的臉上也沒有笑容，有的只是一致的無神與徬徨。林珠老師走進教室，大聲的跟同學說：「同學好！」這時，3、5個同學才稍稍抖擻了精神，調整了一下坐姿，眼神從遙遠的一端，移回到前方。等到林珠老師準備好課程上需要的檔案、影片，確定一切就緒，站到教室正前方，對著大家微笑。這時，領頭的同學吆喝了一聲，9名同學才一起發出「老師好」的聲音，整間教室開始有了一點生氣。

林珠老師的開場白流暢地流洩了出來，從開場白的內容中，很明顯的聽得出來，在上個星期三到這個星期三的一個星期過程中，每個同學的狀況，林珠老師記在心裡、思考在心裡，也準備在心裡。哪一位同學上週表達了什麼、談了什麼、問了什麼，老師都在這堂課再做一點點回饋、一點點提醒。課程持續進行，隨著課程一個階段一個階段的進展，林珠老師以一種不同於生活中展現的躍動節奏，轉而以溫柔穩重的姿態，領著課程前進。

在課程中，林珠老師丟了很多的問與答，與同學展開頻率相當高的互動，那不是一種既定印象中的「上課」，也不是傳統的「師生」，總是臺上的一直說，臺下不用思考，聽就好、接受就好、吸收就好、照做就好。通常，獄所裡的同學不喜歡聽訓、討厭大道理，更不愛剖析自己的心事，其實這樣的情緒，也不是監所同學的專利，大部分的人應該都是這樣，只是監所裡面的同學，有著因為不被理解而更加反骨的心情：「你們這些生活優渥、家庭幸福、人生順利的『老師』，怎麼會懂我們的人生。」這樣的想法十分正常。但是在這堂戒酒班中的同學，不多，僅剩9位了，每一位雖談不上侃侃而談，但是願意上臺分享，願意聆聽他人分享，這就是個相當難得的狀態，如果不是感受到被理解了、被懂了，應該很難會有這種程度的配合度。林珠老師施了認同同學的魔法，讓緊閉心房的受刑人，願意開放，除此之外，別無他法。理解、認同是彼此信任的第一步，有了這第一步，再來很重要的是，總是鼓勵同學發表的林珠老師，不論發表的內容長短，不論發表的內容是否切題，林珠老師一定會在每一位同學完成發表之後，邀請臺下所有的同學給予自己以及他人掌聲。

鼓勵與掌聲，在一般人的生活裡，隨著年紀增長，密集度越減，不過雖然次數不多，偶而也是能夠在生活中，有一些機會可以感受到。可是對於受刑人來說，鼓勵與掌聲，卻是陌生再陌生的，不管是在成長的過程還是在找不到方向的人生路上，都相當陌生，更何況是在監所。「你如果不聽話，以後就像裡面關著的人一樣，要被懲罰。」這樣的對話，可能是隨便一對路過監所的母子之間的家常對話。被懲罰的人，怎麼可以得到掌聲與鼓勵，怎麼有資格。所以，掌聲與鼓勵對於受刑同學來說，可能就像是北極熊之於仙人掌，完全沒見過；剛果人之於發熱衣，實在不需要；清末人之於照相機，到底有什麼企圖？所以，鼓勵與掌聲，對於受刑人來說，是遙遠的事情、幾乎沒有存在過、也是完全不必要的假象。

但是在林珠老師的諄諄善誘之下，隨著每一堂課中四次以上的起身分享、臺前發表，同學得到了至少四次的鼓勵與掌聲，一期三個月，十二堂課乘以四，這樣的次數，可能比有的同學，活到目前為止的年歲，得到的鼓勵與掌聲都還要多，如此高頻率的行動，產生了無形的影響。不過就是掌聲和鼓勵，為什麼這些行動有這麼重要？以現代人陌生防備的習性來說，各自管理各自的生活就好，不用來這些虛招，不用彼此干擾，更有甚者，對於這樣的互動，有時覺得是不屑、不懂、不願意。但是，林珠老師堅持的鼓勵與掌聲，如果沒有時間的累積，是絕對看不出效果的。就如同讀書會中堅持的心得一樣，沒有長時間的累積，絕對沒有辦法養成同學的自律，同學便無法從自律中得到自信。伴隨著掌聲與鼓勵，林珠老師每次回應當中藏不住的真誠，每次回應當中提供的完整安全感，絕對能讓同學感受到，甚至是有機會，享受到鼓勵與掌聲的美好。

說到「安全感」，那絕對不只是受刑人的人生中罕有的認知。很多人一輩子，都無法追求到「安全」的心理狀態。不擔心被批評，不擔心被比較，不擔心被否定，所以可以誠實的表達，赤裸的呈現，說得好不好多不多，一點都不重要，重要的是在這裡可以做自己，可以自在。這樣稀有的安全，在現代一般人的生活中，鮮少能夠擁有。然而一旦安全了，感覺被尊重了，自然可以開始發揮出尊重他人的能力，因為被認同了，所以開始認同他人，因為被全然地接受，所以開始接受所有的人。

這樣的能力，與社會機器中行之有年，所孕育出的自我意識背道而馳。學生時代，成績決定老師臉上的笑容，成績好的學生備受肯定，成績不好的學生只能在旁邊羨慕又嫉妒，得不到老師的一點點關愛。社會上，律師、醫生的職業是人中龍鳳，清道夫、工人即使再熱愛自己的工作，也只能接受大眾評斷的眼光，所謂的「職業無分貴賤」只是作文中的一句話而已，在血淋淋的社會中，一點都沒有力量。於是隨著數十年來的潛移默化，我們自己為自己設下的優劣陷阱，捆綁著我們的人生、眾人的人生。反之，在安全感之下培養出來的自我認同，衍生出尊重他人與接受他人的能力，認真的相信每個人本就獨一無二，認真的相信每個人都能擁有自我實現的能力。這樣的中心力量，在這個僅剩9個人的戒酒班，一次一次的渲染，於是，聽他人發表的時候，願意專注、開始進入思考，聽林珠老師進行比較嚴厲的引導時，全然接受林珠老師是為自己好，不是說教、說道理，而願意反省。這分由安全感引領的力量，就是源自於一次一次的鼓勵與掌聲，累積在林珠老師每回每回的認真回饋。

林珠老師在課堂中，總是在同學提出困擾、提出反省的時候，回饋自己生活中的實例，有時候甚至是自己的糗事，這真的大可不必，但是或許是因為拿掉了高高在上的臺階，所以，在課程中，她不是老師，她是朋友。「老師」只是一個身分，讓她可以實現心中的願景，服務心中的理想。林珠老師一定只是豪邁地想分享自己的人生，卻沒有料到，同學在林珠老師的反省中，明白一件相當重要的事。原來犯錯是正常的，承認錯誤也不愚蠢丟臉，原來像「老師」這樣身分的人，也會犯錯。更重要的是，老師都願意承認、願意丟臉，我們為什麼不願意？繼而往下的行動，承認錯誤、反省錯誤、改正錯誤了之後，便可以成為，比現在此刻的自己更好的人。怎麼會？一切原來是這麼簡單！原來，現在此刻，不是終點，只要開始承認，就永遠有機會將一切導回正途。明白了這個簡單的過程之後，同學的神情，從最初的無神與徬徨，開始染進了一點安心、一點笑容。同學眼神中的專注，述說著希望的種子在其中萌芽。所以，掌聲與鼓勵，看似微不足道，對於受刑人來說，卻是久旱甘霖，是歸零出發的重要契機。

兩個小時的課程中，在休息時間的林珠老師，喜歡跟同學話家常，提醒同學天氣炎熱多喝水，詢問身體狀況等等，像是家庭中的長輩，穩穩地給予關懷的力量。課程中的每一刻，林珠老師像是一個舞臺劇演員，非常專注在自己的舞臺，她細心地注意著投影片的播放速度。如果同學沒有跟上，就放慢速度重新播放一次來讓同學欣賞。同學來不及閱讀字幕，林珠老師就用麥克風自己念出來，或是再讓同學有得到掌聲的機會，請同學為大家朗讀出來。舞臺劇演員，充滿各種豐滿的表情，林珠老師也有。有自始至終，絕不離身的燦爛笑容，有聽到同學談到傷心難過事，皺得緊緊的眉心，還有，還有，絕對獨特的，隨時會跑出來撒嬌的小林珠。「唉唷！這個影片是我特別找的誒！裡面有很漂亮的圖，音樂也這麼好聽，現在怎麼不能放，怎麼沒有聲音啦！唉唷！」充滿嬌嗔懊悔的小女孩，在林珠的靈魂深處待著，著急的時候，總是會不由自主的參與起林珠老師現在的人生。

這樣的林珠老師、這樣的熱切，就像是一抹彩虹，在大雨滂沱的高空中，給予人們繽紛的希望。林珠老師的衣著總是鮮豔，這天穿著橘黃色圖騰長上衣，鮮黃色貼身七分褲，踩著米色淑女鞋，拉遠來看，林珠老師真的就是這間黑白灰的教室中，唯一的彩度。就如同大師的黑白水墨畫中，唯一的一點紅，是令人難以忽視、屏氣凝神的重點。

兩個小時的課程怎麼結束的，應該沒有人記得。對同學來說，忘記了空氣中的悶熱，會隨著每隔3、4秒，電風扇吹拂時帶來的涼爽稍稍減緩。忘記了身上的制服、忘記了名牌上的編號、忘記了刑期的長短，也許還忘記的是，為什麼坐在這裡，為什麼只能在這裡。但是，沒有忘記的，是林珠老師在結語時說的：「人生最大的不幸，是不知道自己的幸福。」「藉由失去，讓人看見擁有的幸福。」字字簡約，卻鏗鏘有力。對林珠老師來說，同樣的也忘記了很多。忘記了被同學的眼神推拒過幾次，忘記了這是第幾個星期三，忘記了從事監獄教誨志工是第幾個年頭，忘記了為同學糾結了幾次、懊悔了幾次，忘記了改過幾篇讀書心得、回過幾封信，忘記了為同學的改過，掉過多少感動的眼淚。但是沒有忘記的，是當初在幼教職場時，想要為成人世界做點什麼的初心。

因為老師學生都投入，所以課程到底怎麼進到結束的階段，沒有人記得。不過，秒針記得，因為兩個小時的課程時間，它需要公公平平的移動七千二百下，這扎實，宇宙記得。

林珠老師走在不同獄所的走道上、長廊上，搭配著黑白灰的色調、凝結的濕氣、抑鬱的味道，老師一次一次要挑戰的，是人性弱點下，家庭經營的失衡下、社會機器扭曲的運作下，所有被遺忘的人。走著走著，如同走在時光隧道裡，奶奶奔騰、充滿力量的身影疊了進來，讓腳步更快更積極。走著走著，母親溫柔堅毅的身影疊了進來，心中的意志更加堅定，不用被看見，只要做該做的事。走著走著，當初那年得獎的妙齡車掌小姐，如今已經是兩個孫子的奶奶，靈魂深層中，熱情活潑，對生命滿溢著喜悅的本質，沒有改變。走著走著，林珠老師的生命，增加了對於生命多樣性的理解，與寬廣的胸襟，原本對於每個生命，包括對自己冠上的許多枷鎖，隨著這條路走得越久越長，放得越多，腳步越來越輕，如行雲流水。於是在走廊底，準備跨進去教誨志工教室的，是一副削去評量排名的狹隘，全然不計較，只管付出關愛的心胸。對林珠老師來說，這不是挑戰，是與生俱來的使命。林珠老師的身分不是特教老師、不是心理諮商師、不是教誨志工，林珠老師就只是一個在三合院的稻埕上，看著藍天、感受著微風、享受著傳統稻香的小女孩。

這段路，走了22年，腳步沒有變慢過，這扎實，公公平平。

◀收容人寫給林珠老師的卡片

## 竹籬笆外的春天

謝謝你，因為有你　　　　　　　　　　　　　銅筆獎　姓名：林珠

小亞全身濕淋淋、眼神呆滯的被送到本會，還來不及與這位善心人士照面，就不見人影。長得眉目清秀的小亞，從婆家逃跑出來，一個人遊魂似的在馬路上走著；看他這副模樣，真叫人心疼。

已過適婚年齡，又有過精神疾病的小亞；在病情穩定下，兄嫂為減輕包袱，為他撮合了一位已離婚兩次的男子。婚後，小亞成了婆家免費的女傭，還得忍受先生拈花惹草的惡習、又得照顧婆家兩老及兩個同父異母的小姐弟，小亞的無奈、辛勞與無助，得不到任何人的關懷與支持，只得忍受婆婆的冷嘲熱諷甚而拳腳相向；更可惡的是，公公不定時的性騷擾，小亞無數次的跑回娘家哭訴，兄嫂不但沒給予安撫與幫助，只是一味的數落小亞要他忍耐，並送他回去。回家之後，免不了又是一頓毒打。週而復始，小亞忍受了五年，在忍無可忍的情況下，選擇流浪街頭；就這樣被善心人士送到本會。

小亞來到本會，精神狀況已出現幻聽、幻覺，我們只好先陪她就醫看診（當時八德路的培靈醫院），診斷為「精神分裂病」。在醫師的叮嚀及本會的悉心照顧與協助之下，病況逐漸穩定，小亞才慢慢細說真相，並從兄嫂那證實婆家的暴行。為了不讓小亞繼續受到身心的傷害與虐待，本會將她收留安置於中途之家，讓她有個棲身之地。

數次連絡小亞先生及其家人，卻都得不到回應，只好請求派出所協助取回小亞的身分證及相關文件。有了身分證明，為減輕醫療負擔，幫助他申請重大傷病證明。也為了讓他能早日獨立，重新拾回自信心，特別安排她為本會做些清潔打掃的工作，以便就近關照。有了自己辛苦賺的錢，生活很踏實，又不必擔心會再受到暴力的傷害，病況得以顯著改善。有一次，她在報紙上看到某公司的餐廳徵打菜工友的工作，她想要去試試看，在我們的鼓勵下，終於找到了屬於她自己的工作。

看到一個受暴的婦女，又患有精神分裂病者，因為我們的協助，走出陰霾，並能夠重新接受挑戰，是多麼令人興奮的事。十年了，小亞還在中途之家，且持續治療，她的精神狀況很穩定，身體也變健康，有固定的工作，也學會了理財，她常告訴我：「謝謝妳，因為有妳…，我好喜歡現在的自己」。

**24-Hour Hotline（24小時保護專線）：113、0800-024-995**
臺北市家暴防治中心（02-27229543）、女子警察隊(02-23460802)印製

▲林珠老師投稿文章

「送書到監獄」活動

感謝以下贊助者

熊名武董事長

頂新和德文教基金會 魏應充董事長

紫丁香婦幼關懷協會 陳淑珠理事長

劉川園董事長

曾盈富董事長

台灣好基金會 柯文昌董事長

大地還原生物科技股份有限公司 黃煥彰董事長

應小梅園長

彭博國際文教基金會 許詠絜執行長

社團法人台北市婦女會 何素青理事長

財團法人顧氏文教基金會

財團法人億光文化基金會

# 依揚想亮 出版書目

## 城市輕文學

《忘記書》——劉鋆 等著

《高原台北青藏盆地：邱醫生的處方箋》——邱仁輝 著

《4 腳 +2 腿：Bravo 與我的 20 條散步路線》——Gayle Wang 著

《Textures Murmuring... 娜娜的手機照片碎碎唸》——Natasha Liao 著

《行書：且行且書且成書》——劉鋆 著

《東説西説東西説》——張永霖 著

《上帝旅行社》——法拉 著

《當偶像遇上明星》——劉銘 / 李淑楨 著

《李繼開第七號文集：這樣的顏色叫做灰》——李繼開 著

## 任性人

《5.4 的幸運》——孫采華 著

《亞洲不安之旅》——飯田祐子 著

《李繼開第四號詩集：吃土豆的人》——李繼開 著

《一起住在這裡真好》——薛慧瑩 著

《山．海．經 黃效文與探險學會》——劉鋆 著

《文化志向》——黃效文 著

《自然緣份》——黃效文 著

《男子漢 更年期 欲言又止》——Micro Hu 著

《文化所思》——黃效文 著

《自然所想》——黃效文 著

《畫説寶春姐的雜貨店》——徐銘宏 著

《齊物逍遙 2018》——黃效文 著

# 窗內有藍天 從三合院小女孩到監獄志工

作者．李淑楨 ｜ 發行人．劉鋆 ｜ 美術設計．羅瓊芳 ｜責任編輯．廖又蓉 ｜ 法律顧問．達文西個資暨高科技法律事務所 ｜ 出版者．依揚想亮人文事業有限公司 ｜ 經銷商．聯合發行股份有限公司 新北市新店區寶橋路 235 巷 6 弄 6 號 2 樓 電話．02-29178022 ｜ 印刷．禹利電子分色有限公司 ｜初版一刷．2019 年 5 月／平裝｜ 定價．320 元 ｜ ISBN．978-986-97108-1-7 ｜ 

國家圖書館出版品預行編目 (CIP) 資料

窗內有藍天：從三合院小女孩到監獄志工 / 李淑楨著. -- 初版. --
新北市：依揚想亮人文，2019.05 面； 公分
ISBN 978-986-97108-1-7( 平裝 )

855 108005188